은퇴하면 세상이 끝날 줄 알았다

은퇴하면 세상이 끝날 줄 알았다

이아손 글 | 조금희 그림

행복한작업실

차례

당신의 노년은
행복할 권리가 있다

무서워서 죽을 것 같아

이삼 년 전, 그러니까 오십을 바로 눈앞에 둔 무렵부터 자다가 새벽에 깨는 일이 잦아졌다. 코가 삐뚤어지도록 마신 날에도 더러 그랬다.

창밖에서 스며든 희미한 불빛에 의지하여 천장을 올려다보고 있노라면 째근째근 아내의 코 고는 소리가 낮게 귀를 간질인다. 자기들 방에서 곤히 잠들어 있을 두 아들 녀석의 얼굴이 어른거린다. 다시 눈을 붙이려 애를 쓸수록 정신은 더 또렷해진다. 어느 순간 서늘한 기운이 온몸을 훑고 지나간다. 가슴에 돌덩이가 들어앉은 양 몸도 마음도 무거워진다. 심장이 요동치고 호흡마저 곤란해진다. 이상하게 자꾸만 서러워진다……

처음에는 내가 왜 그러는지 몰랐다. 중년이 깊어지면서 어떤 변화를 겪는 중인가 보다고 대수롭지 않게 넘겼다. 그러던 어느 새벽, 화들짝 놀라듯 깨어나서는 나도 모르게 몸을 웅크린 채 이렇게 중얼거렸다. "무서워 죽겠네, ××."

정말로 무서웠다. 그 당시 내 나이 마흔아홉. 현역으로 살아갈 날이 10년 남짓이었다. 이대로 나이만 먹어도 되는 건가 하는 두려움이 시시때때로 몰려왔다. 은퇴 이후에도, 나이 칠팔십이 되어서도 지금처럼 살 수 있을까? 당장의 걱정거리는 매달 들어오던 월급이 끊긴다는 사실. 한 가지 다행스러운 일은 그동안 내가 글 쓰는 일을 병행해 왔고, 적지 않은 책을 펴냈다는 점이었다. 은퇴하고 나면 책 쓰는 일에 더 집중할 수 있다. 하지만 경험상 책은 안정적인 돈벌이 수단이 못 된다. 성공보다는 실패 확률이 훨씬 높다. 글을 쓰면서 늙어 간다는 건 참 폼 나는 일이지만, 그게 밥을 먹여 주지는 않는다.

'과거의 나, 미래의 나는 행복한데, 왜 현재의 나는 이토록 불행한가.'

고등학생 시절 격하게 공감하며 읽은 시구다. 그때는 그랬다. 유년의 추억은 아름다웠고, 내가 꿈꾸는 미래는 창창했다. 억울하고 불행한 건 집과 학교를 오가며 밤늦도록 공부에 시달리고 있는 지금의 나뿐이었다. 물론 대학생이 되어서도 '현재의 나'가 힘들지 않은 건 아니었지만, 유년과 학창 시절의 기억은 여전히 풋풋했고 앞으로 펼쳐질 내일은 푸르렀다. 나는 세상의 주인이 될 터였으니까.

그런데 웬걸. 저 시를 지은 시인이 그랬듯 '현재의 나'가 죽도록 고생하는 건 어쩔 수 없다 치자. 그런데 이제는 '미래의 나'를 생각하면 덜컥 겁이 났다. 심지어 '그때 좀 그렇게 살걸.' 하는 후회 때문에 과거도 그리 아름답지만은 않았다. 결국 저 시는 마흔아홉 먹은 가장에게는 적용되지 않는 헛소리였다.

삼십대 초반, 직장 생활에 막 적응해 갈 때였다. 꽤 연배가 높은 선배 한 분이 회식 자리에서 그랬다. 40대 중반까지만 잘 버티고 나면 그때부터는 인생이 좀 쉬워질 거라고. 그것도 헛소리였다. 쉬워지기는 개뿔! 제법 멋있는 목소리와 표정으로 그렇게 말했던 그 선배는 퇴직 후에 크로켓 가게를 차렸다가 일 년 만에 몽땅 말아먹고는 지금 고난의 행군 중이시다.

수많은 퇴직자들이 수입을 연장하기 위해 창업을 한다. 가진 것의 거의 전부랄 수 있는 저축과 퇴직금을 쏟아붓는다. 하지만 지금 우리나라에서는 창업 성공률이 지극히 낮다. 문을 닫지 않는다 해도 하루 종일 고생하는 것에 비하면 가져가는 것이 너무 적다. 창업이 답이 아니라는 걸 알면서도 무슨 일이라도 해야겠기에 나만은 성공하는 10%에 들 거라는 낮은 확률에 베팅을 한다. 이것이 오늘날 대한민국 퇴직자들의 자화상이다. 젊은 날의 고생을 보상받아야 할 나이에 오히려 위기에 몰리고 있다. 더 짜증나는 건 나 역시 별 뾰족한 수가 없다는 사실이었다.

은퇴 이전에 반드시 생각해야 할 것들

몇 달 동안 끙끙 앓았다. 비슷한 연배의 동료들과 술자리에서 떼창으로 넋두리도 했다. 하지만 '나만 그런 건 아니니까……'라는 식의 위안은 전혀 도움이 되지 않았다. 두려움이 점점 깊어졌다. 이대로는 안 되겠단 생각이 들었다.

마음을 가다듬고 컴퓨터 앞에 앉았다. 하루 동안의 상처를 일기를 쓰며 어루만지는 것처럼 그간의 마음고생을 글로 풀어내면서 내 불안의 실체와 마주해 보자는 마음이었다.

그렇게 시작한 나의 일기 같은 글들이 이렇게 책이 되었다. 책으로 펴내겠다는 마음이 전혀 없었던 건 아니지만, 내가 원하는 답을 얻지 못한다면 그냥 '일기'로 묻어 둘 생각이었다. 다행히 내가 처한 상황을 하나하나 짚어 보고 공부하며 여러 사람의 이야기에 귀 기울이는 동안 미처 생각지 못하고 살았던 새로운 사실들에 눈을 떴다. 대안이 될 만한 것도 찾아냈다. 옥죄어 오던 불안이 서서히 녹아 내렸다.

이 책은 노후에 대한 걱정으로 전전긍긍하며 밤잠을 설치던 한 대한민국 가장의 '은퇴 공포 탈출기'다. 많은 가장들을 만나 은퇴 이야기를 해 보았더니 한숨부터 내쉬었다. 은퇴하면 세상이 끝날 것처럼 말이다. "은퇴하면 뒷방 노인처럼 찌그러져 있다가 시간 되면 가는 거지, 뭐."

이런 넋두리의 본질은 두려움이다. 그런데 우리가 가지는 대부분의 두려움은 실체가 없다. 실체가 없기 때문에 더 두려운 거다. 걱정과 불안을 자아내는 그것의 실체를 확인하는 것만으로도 마음이 한결 가벼워진다. 그래서 나도 그 실체를 확인하기 위해 이 글을 쓰기 시작했다. 더 정확하게 말해서 그동안 내가 무엇을 해 왔고 지금 어디에 있으며 앞으로 어떻게 될 것인지를 꼼꼼하게 따져 보는 작업이었다.

많은 것을 새롭게 알게 되었다. 이 책을 쓰기 전까지만 해도 전혀 생각해 보지 않은 문제들이었다. 아는 만큼 보인다고 하더니, 하나둘 알아 가면서 시야가 넓어지고 생각도 깊어졌다.

노년의 삶을 생각할 때 머릿속에 가장 먼저 떠오르는 것이 '돈'이다.

노년의 살림살이는 젊은이의 살림살이보다 훨씬 더 계획적이어야 한다. 하지만 이 책은 노년기의 재무 설계에 대해서는 일절 언급하지 않는다. 그것은 개인의 몫이다. 살 만큼 살아온 분들이 젊은이들처럼 흥청망청하거나 한탕을 노리다가 가산을 탕진하지는 않을 것이다. "한 달 수입이 이만큼이니 최대한 아껴서 요만큼은 저축하시고요, 조금 더 아껴서 여유가 되시면 비교적 안정적인 금융 상품을 골라서 투자해 보세요." 이런 따위의 소리도 하고 싶지 않다.

그렇다고 이 책이 '노년의 경제'를 완전히 등한시하는 것은 아니다. 최소한 은퇴 이후에 내가 얼마 정도의 '수입'을 기대할 수 있는지, 어느 정도의 생활비가 필요한지는 알아야 한다. 그래야 노년의 삶을 구체적으로 구상할 수 있다.

돈 문제만 파악하면 노후 준비가 끝나는 걸까? 아니다. 이제 시작이다. 돈이 없어서 노년이 쓸쓸해지는 게 아니라 찾아 주는 곳이 없고 할 일이 없기 때문이다. 그래서 '마인드'와 '콘텐츠'가 중요하다. 대부분의 사람은 노년을 생각하면서 돈 걱정만 한다. 하지만 진짜 문제는 마음가짐과 행동, 노년의 시간을 채울 삶의 내용이다. 그게 없다면 아무리 돈이 많아도 쓸쓸하고 외로운 노년을 보낼 수밖에 없다.

독자들께서도 눈치를 채셨겠지만, 이 책은 '풍족하게' 노년을 살아가는 방법을 알려 주지 않는다. 복권에 당첨되지 않는 한 무슨 수로

은퇴는 인생의 쉼표와 같은 것,
그리고 삶은 다시 시작된다.

노년기에 갑자기 수입이나 재산을 불릴 수 있겠는가. 하지만 너무 걱정하지 마시길. 여러분은 자신도 모르는 사이에 이미 여러 가지 준비를 해 놓았다. 부풀려진 두려움과 불안이 여러분이 지금껏 해 온 '준비'를 왜소하게 보이도록 만들 뿐이다.

이 책은 '행복하게' 그리고 '활기차게' 노년을 누리는 방법을 알려준다. 나는 '은퇴 유목'에서 답을 찾았다. 이 은퇴 이후의 라이프스타일이 지금은 다소 생소하게 다가오겠지만, 이 책을 읽어 나가는 동안 새로운 세계에 눈을 뜨는 계기를 마련해 줄 것이다. '은퇴 유목'이 아니더라도, 이 책을 통해 여러분이 행복하고 활기찬 노년에 대한 힌트를 얻을 수 있을 것이다. 그것이 이 책의 목적이고 여러분이 이 책을 통해서 달성할 목표다. 이 책을 모두 읽고 나서 여러분이 이렇게 말하기를 바란다.

"은퇴하면 새 세상이 열리겠네. 누가 은퇴하면 세상이 끝난다고 그랬어?"

내가 노년의 삶에 대한 두려움에서 벗어나 이 책을 펴낼 수 있게 된 데에는 많은 분들의 도움이 있었다. 그분들은 자신의 경험과 현재를 살아가는 모습을 통해 많은 가르침을 주었다. 무엇보다도 내가 닮고 싶은 노년의 삶이 생겼다는 점이 나로서는 가장 큰 소득이다. 부디 그분들처럼 이 책을 읽는 독자들께서도 노년의 행복을 꿈꾸고 설계하기를 바란다.

● 추신

한 가지 고백할 것이 있다. 깨달음이 커질수록 '좀 더 일찍 이런 고민을 했더라면 더 내실을 기할 수 있지 않았을까?' 그런 생각이 들었다. 후회하는 것까지는 아니지만 그래도 여러분은 가급적 40대 초반부터 은퇴 이후의 삶을 준비할 것을 권하고 싶다. 30대부터 준비한다고 해도 말리지는 않겠다. 준비 기간이 길고 계획이 튼튼할수록 은퇴 이후의 삶은 행복해진다. 더불어 부부가 이 책을 함께 읽기를 추천한다. 이 책에서 제시한 새로운 은퇴 담론에서 배우자는 없어서는 안 될, 가장 중요한 파트너이기 때문이다.

Part. 1
············

그만큼 했으면
잘해 온 거야

은퇴를 두려워하며 기다릴 필요가 있냥~?

65세 이상의 절반이
빈곤층이라고?

노후의 삶에 대한 두려움과 마주하기로 마음먹고 나서 스스로 던진 첫 번째 질문은 이것이었다. '나는 왜 은퇴 이후를 두려워하고 있는가?'

비장한 마음으로 던진 질문이었건만 답이 너무 싱거웠다. 왜 두렵긴? 돈을 못 벌게 되니까 그렇지. 그런데 그건 내가 어떻게 해 볼 수 있는 일이 아니었다. 은퇴 이후에도 적절한 수입을 보장해 줄 만한 특별한 기술이 있는 것도 아니고 임대료를 뽑아낼 건물도 없다. 그렇다면…… Game Over.

자, 잠깐만! 수입이 전혀 없는 게 아니었다. 매달 월급에서 꼬박꼬박 뜯겨 나간 국민연금과 퇴직 연금이 차곡차곡 쌓여 가는 중이었다.

저축해 놓은 돈이 별로 없고 적금도 없지만, 8년째 붓고 있는 개인연금도 하나 있었다. 하지만 그 당시에는 수령액을 따져 보지 않아서 은퇴 이후에 얼마를 받게 될지 정확하게 몰랐다. 직장인 대부분이 그렇게 생각하고 있을 것 같은데, 나 역시 연금만으로는 노후 대비가 충분하지 않을 거라고 지레 짐작했다. 연금이 아무리 많아 봐야 월급만 하겠어?

그래서 알고 싶었다. 지금까지 내가 연금에 얼마를 부었고, 나중에 얼마를 받을 수 있는지. 어, 그런데 예상 밖이었다. 물론 월급에 비할 수야 없지만, 노년에는 나가는 돈도 줄어들 테니 아내랑 머리를 맞대 보면 어떻게 될 것도 같았다. 희망이 보였다.

연금에 대해서는 나중에 자세하게 다루겠다. 여기서 한 가지 짚고 넘어갈 점은 연금 무시하지 말라는 것이다. 용돈이나 타 쓰자고 그동안 꼬박꼬박 국민연금과 퇴직 연금에 월급을 뜯긴 것이 아니다. 정상적으로 직장에 다녔고 근면하고 성실하게 살아왔다면 그것만으로도 크게 노후를 두려워할 이유가 없다.

자, 이렇게 안전장치가 어느 정도 마련되어 있는데도 나는, 우리는 왜 그토록 노후를 걱정할까? 보고 들은 것들 때문이다.

노후와 관련한 뉴스는 대체로 암울하다. 이런 이슈를 다룰 때면 어김없이 등이 구부정한 어르신의 쓸쓸한 뒷모습이 화면에 등장한다.

뿐만이 아니다. 부촌이고 빈촌이고 할 것 없이 폐지를 주우러 다니는 어르신들이 심심찮게 눈에 띈다. 저렇게 고생해서 하루에 얼마나 번다고 노년이 되어서도 노동의 덫에서 벗어나지 못하는 걸까, 하는 생각에 안쓰럽다. 노인 우울증과 고독사를 다루는 소식도 끊이지 않는다. 불안한 노후에 대한 시그널과 메시지가 넘쳐나니 노후 불안증이 안 생기는 게 이상한 일이다. 그런데 우리나라의 노년층이 정말로 그렇게 심각한 상태에 있는 걸까?

경제적인 부분만 따졌을 때는 분명 그렇다. 실제로 현재 우리나라의 65세 이상 인구 가운데 거의 절반인 49.6%가 빈곤층에 속한다. 전 세계의 상위 10~15%에 드는 국가들의 모임인 OECD^{경제 협력 개발 기구}에서 우리나라의 노인 빈곤층 비율이 가장 높다. OECD 국가의 노인 빈곤층 평균치가 10%인 것과 비교하면 50%에 가까운 우리나라의 수치는 거의 재앙 수준이라고 할 수 있다.

아니, 무역 규모와 국민 소득이 세계 10위권에 드는 대한민국에서 이게 웬 일? 도저히 납득하기 힘든 결과였다. 현재는 부분적으로 미래를 반영한다. 현실이 이렇다면 아직 노년에 이르지 않은 세대들도 나중에 둘 중 하나는 빈곤하게 살 수밖에 없다는 결론이 나온다. 나도 안정권일 수 없고, 확률로 따진다면 두 아들 녀석 가운데 한 명은 빈곤하고 비루한 노후를 보낼 가능성이 크다. 이러니 밤잠을 설칠 수밖에!

하지만 아무래도 이상했다. 가난에서 벗어나기 위해 이를 악문 덕분에 '한강의 기적'을 이룬 대한민국 아닌가. 선진국이라고 할 수는 없지만, 돈벌이에서는 어디 가서 꿀리지 않는 나라에서 어떻게 이런 일이 벌어질 수 있는지 이해가 되지 않았다. 그러던 중 흥미로운 조사 결과가 눈에 띄었다. 통계청이 발표한 '2017년 사회 조사 결과'다.

이 조사에 따르면 60세 이상의 연령대에서 노후를 위해 경제적인 대비를 하고 있다고 답한 비율은 54.3%였다. 반대로 말하면, 절반에 가까운 45.7%가 무방비 상태에 있는 것이다. 조사 대상을 19~60세로 조정했을 때는 노후 대비를 하고 있다는 비율이 65.4%로 상향되었다. 연령대가 낮을수록 경제적으로 노후를 대비하는 비율이 높아지는 것이다.

이 조사 결과를 여러 번 곱씹다가 궁금한 것이 생겼다. 만약 현재의 70~80대 어르신들에게 "젊은 시절에 노후 대비를 하셨어요?"라고 물으면 어떤 답이 돌아올까? 지금의 60세 이상 연령대에서 노후를 대비하는 비율이 절반 정도이니, 70~80대로 조사 대상을 좁히면 그 비율이 절반에 훨씬 못 미치지 않을까?

지금 70~80대 어르신들의 젊은 날을 한번 상상해 보자.

그분들이 직업 활동을 하던 시절에는 '평생직장'이라는 개념이 자리 잡고 있어서 일자리의 유동성이 비교적 덜한 편이었다. 피치 못할 사정으로 회사를 옮기는 일이 많지 않았다는 뜻이다. 게다가 크게 사고를 치지 않는 한 대부분 정년이 보장되었다. 그리고 집값도 그리 높지 않아서 직장 꾸준히 다니면 못해도 50대에 내 집 마련에 성공했다. 재산 모으기가 오늘날의 직장인보다 수월했다.

우리나라에서 국민연금제도가 처음 시행된 때가 1988년^{10인 이상 사업장, 5인 이상 사업장으로 확대된 때는 1992년}이다. 이 제도가 시행되기 전 이분들의 노후 대비는 예금과 적금에 집중되었다. 그리고 정년퇴직을 할 때 주어지는 퇴직금 역시 든든한 노후 대비책이었다.

그런데 국민연금이 의무적으로 납입되고 적립되는 데 반해 예금과 적금, 퇴직금은 강제성이 없다. 집안의 대소사가 생겼을 때 예금과 적금은 얼마든지 해지할 수 있고 퇴직금을 대출 형태로 당겨쓸 수도 있다. 특히나 이분들 세대에는 지금보다 자식을 많이 낳았다. 그만큼 지출이 클 수밖에 없었다.

더군다나 7080 어르신 세대는 전통적 가족관이 강해서 자식들 공부시키고 결혼시키는 것을 부모의 당연한 의무로 여겼다. 어떻게든 자식에게 하나라도 더 챙겨 주려고 애썼다. 그런데 이 지고지순한 자식 사랑이 노후 대비에는 독약이었다. 하지만 어르신들은 크게 걱정하지 않았을 것이다. 자신들이 부모에게 그랬던 것처럼 공들여 키운 자식들이 자신들을 부양해 줄 테니까.

하지만 세상이 바뀌었다. 대가족 사회가 무너지고 급격한 속도로 핵가족화가 진행되었다. 덩달아서 고용 안정성이 악화되어 40~50대의 창창한 직장인들이 회사에서 쫓겨나는 일이 빈번해졌다. 직장 잃은 자식들을 두고 볼 수 없었던 수많은 부모들이 유일한 자산인 집을 팔아 자식의 사업 자금을 댔다. 자식이 사업에 성공하든 성공하지 못하든, 어쨌든 부모는 아무런 노후 대책 없이 집마저 잃은 것이다. 그리고 세태는 나이 든 부모가 자식에게 노년을 의지하기 힘든 방향으로 흘러갔다. 이것이 오늘날 50%에 육박하는 우리나라 노인 빈곤층의 정체다.

어떤가, 동의하는가? 당장 먹고사는 문제에 골몰하고 자식들 뒷바라지하느라 정작 자신의 미래는 준비하지 못했던 우리의 부모님, 그리고 경제 성장에 복지를 희생해야 했던 불우한 시대의 산업 역군들이 바로 오늘날 노인 빈곤층의 주인공인 것이다.

그렇다면 다시 생각해 보자. 과연 지금 어르신들의 현실이 우리 4050 세대의 미래일까? 두 사람 가운에 한 명은 궁핍하게 살아야 할까?

그렇지 않다. 다행히 그동안 국가의 복지 정책이 발전했고, 노년을 자식에게 의지할 것이 아니라 스스로 책임져야 한다는 인식도 커졌

지금 어르신 세대의 우울한 노년이
우리의 미래는 아니다.

다. 지금 우리는 공공의 틀 안에서, 또 개인적인 노력을 더하며 나름 대로 노후를 준비하고 있다. 그러니 TV 뉴스에 등장하는 불우한 노인들의 모습이 우리의 미래일 수는 없는 것이다.

그런데 미디어는 왜 노후에 대한 불안을 부추기는 방향으로 보도를 할까? 물론 현재 노년층의 상황에만 포커스를 맞춘다면 미디어와 언론이 팩트를 왜곡하는 것은 아니다. 하지만 현재의 우울한 상황이 앞으로도 지속될 것이라는 뉘앙스를 풍기며 불안을 증폭시키는 행태에는 어떤 의도가 숨어 있을지도 모른다.

언론과 미디어의 이러한 태도는 두 가지 의도로 해석할 수 있다.

하나는 사회 복지에 관한 국민의 관심을 높이기 위해서다. 사실 아직 대한민국의 복지 지출은 선진국의 발끝에도 못 미친다. 그러니 더 나은 복지 정책이 수립되고 시행되도록 국민이 요구해야 하고, 이에 따라 언론과 미디어가 국민의 관심을 환기시키는 역할을 하고 있는 것이다.

다른 하나는 노후가 이토록 불안하니 연금이라도 제대로 받으려면 끽소리 말고 회사가 시키는 대로 하라는 일종의 으름장으로 볼 수 있다. 불안과 공포가 만연하여 경직된 사회에서는 노동자의 권익이 침해당하고 추락해도 저항이 약해질 수밖에 없다. 언론이 기득권 세력의 스피커 역할을 하고 있는 것이다.

어떤 식으로 해석하느냐는 독자의 몫으로 남겨 둔다. 다만 이것만 명심하자. 과도하게 부풀려진 노후 불안의 시그널과 메시지에 현혹되지 말 것!

노년의 나에게 던진
일곱 가지 질문

자, 앞에서 한 가지는 확인했다. TV 뉴스와 신문 지면을 오르내리는 노인 빈곤층의 실태와 현실이 지금 4050 세대의 미래는 아니라는 점이다. 이 한 가지를 확인한 것만으로도 마음이 좀 놓인다는 독자가 있을 것도 같다.

하지만 솔직히 나는 안 그랬다. 애당초 나는 우리 부모님 세대처럼 헌신적인 자식사랑을 베풀 생각이 없었다. 두 아들 녀석에게는 미안한 말이지만, 직장에서 잘리거나 백수로 빈둥거린다 한들 가게라도 차리라며 자금을 대 주지 않을 테고 결혼할 때 신혼집을 장만해 주지도 않을 거다(사실 그럴 돈도 없다). 내가 책임지는 건 사회에 진출하기 전까지다. 그러니까 자식 다 퍼 주고 집도 없이 살아가는 노년은 처음부터 내 두려움의 범주에 포함되는 모델이 아니었다.

서운한 소리 좀 듣더라도 자식한테 짜게 굴면 목돈 지출이 현저히 줄어든다. 여기에 일정한 연금 수입도 있다. 그러니 우리 부부의 노년 생활이 그런대로 괜찮지 않을까?

나는 자신할 수 없었다. 무언가 많이 부족하다는 생각이 머릿속에서 떠나질 않았다. 돈^{연금 수입}이 부족해서일까? 뭐, 그럴 수도 있겠다. 하지만 현역으로 일하고 있는 지금도 월급이 남아도는 건 아니다. 항상 빠듯하게 돌아간다. 노년이라고 해서 뭐가 달라질까? 노년 살림살이가 빠듯하리라는 것쯤은 각오하고 있었다. 그런데도 찜찜함에서 벗어날 수가 없었다. 그렇게 오랫동안 고민하다가 내린 결론이 이거였다. 지금껏 내 삶에서 돈이 차지한 비중이 너무 컸다는 점이다.

한 민간 조사 기관에서 20~30대 직장인을 대상으로 노후 생활에 대해 물었다. 10명 가운데 3명^{29.4%} 정도만이 노후가 불안하다고 답했다. 그런데 대상을 40~50대 직장인으로 변경하자, 불안하다고 대답한 비율이 10명 중 8명^{80.3%}으로 크게 뛰었다. 나이대가 노년에 가까워질수록 노후 생활에 대한 불안이 커지는 것이다.

이 조사 결과는 세대에 따른 라이프스타일의 차이를 반영하고 있다. 지금 20~30대는 아직 노년의 삶을 실감하지 못할뿐더러 미혼 비율이 높아서 가족 부양에 대한 책임감도 덜하다. 물론 이들도 나이를 먹고 결혼을 하면 생각이 달라질 수 있겠지만 당장은 '현재를 즐기자' 는 인생관이 대세를 이룬다. 20대 초반부터 30대 중반까지가 주요 소비층으로 등극했다는 사실이 이를 말하고 있다. 그러니까 2030 세대가 노후 대비를 잘하고 있어서 불안을 느끼는 비율이 낮다기보다는 아직 이들에게 노년은 먼 일인 것이다. 반면에 40~50대는 노년이 가시권에 들어와 있다. 결혼한 비율이 높아서 가족 부양에 대한 책임감도 크다. 걱정이 앞서지 않을 수 없다.

또 한 가지 깊이 생각해 보아야 할 사항이 있다. 4050 세대의 가치관에는 전통적 가족관과 삶을 향유하고자 하는 욕구가 혼재되어 있다는 점이다. 자식이 결혼해서 완전히 독립할 때까지는(또는 그 이후까지도) 부모가 책임을 져야 한다는 의식과, 그러면서도 누릴 것은 누리면서 살고 싶다는 마음이 뒤섞여 있다. '부모로서의 삶'과 '나를 위한 삶'이 충돌하는 것이다.

일반적인 직장 생활을 해 온 퇴직자가 자녀의 결혼 자금까지 대면서 여유로운 노후를 기대하기란 쉬운 일이 아니다. 노후 자금 가운데 큰 몫이 뚝 떨어져 나가면 어쩔 수 없이 어느 정도의 내핍을 각오해야한다. 여기서 걱정과 불안이 시작된다. 부모로서의 의무는 다해야 할 것 같고 부부가 함께 삶을 즐길 권리도 누리고 싶다. 이 둘을 제대로 해낼 자신과 확신이 없기 때문에 두려운 거다.

내가 바로 그랬다. 대출을 끼고 있을망정 괜찮은 동네에 아파트 한 채는 마련했다. 정년퇴직을 할 즈음에는 대출을 다 갚고 완전한 '우리 집'이 될 것이다. 아이들이 하고 싶다는 것(주로 교육 쪽으로)도 해주고 있다. 일 년에 한두 번 가족 여행을 다니고, 가끔 아내와 골프도 즐긴다. 외식을 자주 하지는 못하지만, 어쩌다 한 번 좀 거하게 먹고 싶다 싶으면 노량진에서 회를 잔뜩 떠가지고 와서 가족 파티를 벌인다. 명절에 조카들에게 용돈도 쏜다. 지인이나 직장 동료들과 갖는 술자리에서도 궁색하게 굴지 않는다. 이렇게 살면 딱 '±0'다. 어떤 달에는 마이너스가 발생하기도 하는데, 그러면 그 다음 달에 아끼면 된다. 빠듯하지만 가족끼리 누릴 것은 누리고 살면서도 현상 유지는 하고 있는 셈이다.

그런데 은퇴를 하고 나면 수입이 줄어들어서 지금 누리고 있는 것 가운데 많은 것을 포기해야 한다. 게다가 지금 스무 살이고 열일곱 살인 두 아들이 결혼 적령기에 이른다. 신혼집까지 마련해 주지는 않는다 해도 적지 않은 목돈이 결혼 비용으로 빠져나갈 수밖에 없다. 그러면 아내와 나의 노년이 확 쪼그라들지 않을까? 하루하루 육신이 낡아가는데 돈까지 없으면 얼마나 서러울까?

결국에는 돈 문제로 귀결되었다. 노년을 살아가는 데 있어 돈이 부족할지도 모른다는 불안이 내 두려움의 뿌리였다. 돈만 풍족하다면

노후에 닥칠 많은 어려움에 적절하게 대처할 수 있을 것만 같았다.

여기까지 읽고서 '거봐, 답이 없잖아!'라며 책을 덮진 마시길. 내가 이 글을 시작한 이유는 노후에 대한 두려움을 더 단단하게 만들기 위해서가 아니라 실체를 확인하기 위해서였다. 그리고 내가 가진 두려움이 온당한 것인지 알고 싶었다.

그래서 내가 걱정하고 있는 노년의 변화를 하나하나 따져 보기로

했다. 내가 상상할 수 있는 범위에서 메모를 해 보려다가 생각이 잘

나지 않아서 노년의 나에게 질문하는 형태로 정리를 했다. 가령 이런

식이다. "생활고를 겪지는 않니?" 건방져 보였다. 아무리 나 자신에게

던진 질문이라 해도 상대는 노인이 아닌가. 그래서 고쳐서 썼다. "생

활고를 겪지는 않는가?" 그렇게 해서 다음의 질문들이 나왔다.

① 생활고를 겪지는 않는가?

② 활동 반경이 줄어들고 친교의 범위가 좁아질 텐데, 외롭거나 쓸쓸하지는 않는가?

③ 노인성 질환을 비롯한 갖가지 질병에는 어떻게 대처하는가?

④ 치매 등에 걸려서 가족의 짐이 되는 상황에는 어떻게 할 텐가?

⑤ 문화를 향유하고 레저를 즐길 만큼 생활비가 넉넉한가?

⑥ 주로 무엇을 하면서 시간을 보내고 있는가?

⑦ 아들들이 경제적인 어려움에 처했을 때 조금이나마 도움을 줄 수 있는가?

곁가지가 몇 가지 더 있지만, 포괄적으로 보았을 때 이 일곱 가지 사항으로 압축되었다. 독자들께서도 비슷할 것이다.

이렇게 적어 놓고 보니 한 가지는 분명했다. 돈으로 어떻게든 해 볼 수 있는 일이 있는가 하면, 돈이 아무리 많아도 도저히 할 수 없는 일도 있다는 점이었다. 자, 이제부터 그 부분에 대해서 하나하나 짚어 보기로 하자.

그 전에 미리 이야기해 둘 것이 하나 있다. 지금껏 우리는 과도하게 돈에 의지해 왔다는 사실이다. 나를 행복하게 만들어 달라고, 가족이 화목할 수 있게 해 달라고, 즐거움을 누릴 수 있게 해 달라고, 아이들이 공부를 잘할 수 있게 해 달라고, 건강을 유지하게 해 달라고 우리는 돈에게 부탁해 왔다. 스스로 그렇게 만들기 위해 노력하는 것은 뒤로 미룬 채 그 소중한 일들을 죄다 돈에게 맡겼다.

우리가 노후를 생각하고 염려하면서 돈 문제를 가장 먼저 떠올리는 이유가 그 때문인지 모른다. 그동안 삶의 많은 부분을 돈에 의지해 온 생각의 습관과 일상의 관성을 노년의 삶에도 그대로 적용하는 것이다.

'돈만 있으면 다 해결될 거야.' 과연 그랬던가? 독자 여러분께서 이루었고 이루어 나가고 있는 것들이 모두 돈 덕분이었던가? 물론 돈이 없으면 불가능한 일들이 있다. 그래서 우리는 돈을 벌기 위해 노력하고 있다. 하지만 우리와 우리의 가족이 겪었던 많은 문제들은 사실상 돈이 없어서가 아니라 돈이라는 해결사를 고용하기만 하면 모든 일이 술술 풀리리라는 그릇된 생각과 태도로부터 비롯되었다.

이제라도 우리 자신을 용서하자. 우리에게는 정말로 돈이 필요했다. 가족이 살 집을 마련해야 했고, 아이들을 공부시켜야 했다. 나날이 몸이 커지는 아이들의 먹성도 채워 주어야 했다. 집에서 아이들 생일 파티라도 열려면 가전제품도 좀 번듯한 것들로 장만해야 했다. 그래서 돈이 필요했고, 돈에게 많은 시간을 빼앗길 수밖에 없었다.

하지만 노년의 삶은 다르다. 어깨를 짓누르던 의무를 벗고 나 자신에게, 우리 부부에게 집중해야 할 시간이 다가오고 있다. 돈이 많아서 나쁠 것은 없지만, 돈이 부족하다고 해서 당장 무슨 일이 일어나는 것은 아니다. 그러니 이 책의 페이지를 넘기는 동안만이라도 돈 걱정일랑 잠시 내려놓자. 돈 걱정을 한다고 해서 갑자기 하늘에서 돈이 떨어지는 것도 아니다. 우리는 지금까지 해 왔던 대로 하기만 하면 된다. 노후를 위해 4050 세대가 진짜로 고민해야 할 것은 돈 문제가 아니다. 40년 가까운 여생을 무엇으로 채울 것인가이다.

돈으로
할 수 없는 것들

노년기에 찾아올 변화에 대해 스스로 질문을 던지면서 가장 먼저 떠오른 단어가 '생활고'였다. 생활고를 비관하여 극단적인 선택을 한 사람들의 이야기가 심심찮게 뉴스에 오른다. 이 같은 선택에 자녀들까지 끌어들인 부모들의 안타까운 이야기도 들려온다.

나 역시 그런 상황을 우려했던 걸까? 그건 아니었다. 노년기에 나와 아내가 먹고사는 문제만큼은 해결할 수 있음을 스스로 확인하고 싶어서 그런 질문을 한 거였다. 끼니를 때우지 못하고 전기가 끊기거나 단수가 되는 상황까지는 가지 않으리라는 확신이 있었다. 그래서 '생활고를 겪지는 않는가?'라고 써 놓고는 자신 있게 줄을 그었다.

'고독사'라는 단어도 얼핏 스치고 지나갔지만, 이내 머리를 가로 저었다. 고독사란 인간관계가 완전히 단절되어서 혼자 죽음을 맞고 나서 한참 뒤에야 발견되는 경우를 말한다. 우리나라의 경우 노년층보다는 50~60대의 장년층에서 일어나는 비율이 높다.

나로서는 고독사를 염려할 필요가 없었다. 마음이 잘 맞는 아내가 있고, 형제자매들과도 그런대로 잘 지내고 있으며, 아들 녀석들이 효자는 아니더라도 부모와 관계를 끊고 찾아오지도 않는 후레자식이 될 것 같지는 않으니까.

내가 노년의 나에게 던진 두 번째 질문은 '외롭거나 쓸쓸하지는 않는가?'였다. 노년이 외롭고 쓸쓸해질 가능성은 얼마든지 있다. 사회 활동이 급격히 줄어들면서 친교 범위가 좁아질 수밖에 없고, 지금은 품 안에 있는 것처럼 여겨지는 자식들도 떠나갈 것이기 때문이다.

그런데 노년의 고독은 돈으로 대처할 수 있는 문제가 아니다. 만약 돈으로 인간관계의 빈틈을 메울 수 있다고 믿는다면 그것은 엄청나게 잘못된 생각이다. 누군가에게 돈을 지불해서 외로움을 달래 줄 사람을 고용하겠다는 발상인데, 아무리 생각해도 상식적인 행위가 아니다.

실제로 그런 사례를 본 적이 있다. 지인 중에 보험설계사로 일하는 이가 있는데, 고객 중에 제법 고가의 보험 상품을 가입한 클라이언트가 있다고 한다. 그런데 이 클라이언트가 시시때때로 전화를 걸어와 술자리에 불러낸단다. 술자리에서 클라이언트는 지금까지 수도 없이 들어온 지난날의 무용담을 무한 반복한다고 했다. 지인은 그와 함께하는 술자리가 지긋지긋하지만, 보험을 깰까 봐 싫은 내색을 할 수 없다고 고충을 토로했다. 그러니까 그 클라이언트는 고액의 보험료를 볼모로 자신의 외로움을 풀고 있는 것이다.

이러한 형태의 인간관계는 자수성가하여 높은 자리에 오른 사람, 그러니까 고위 공직자나 대기업의 임원으로 있다가 은퇴한 퇴직자에게서 자주 발견된다. 그 위치에 가기까지 그는 경쟁에 뒤처지지 않기 위해 엄청나게 노력했을 것이다. 위만 바라보고 살았기에 주변을 돌아볼 여유가 없었다. 비즈니스와 거래에는 탁월했을 테지만, 사람의 마음을 얻는 데는 소홀했을 가능성이 높다. 그리고 이렇게 높은 자리에 오른 사람일수록 아랫사람에게 엄격하다. 게다가 이런 사람이 무슨 동호회 활동을 했을 리도 만무하다. 기껏해야 비즈니스 골프를 한 것이 전부일 것이다. 그러니 회사에서 퇴직하는 순간, 혼자가 된다.

권력을 가진 사람이 재물에 집착하는 현상도 비슷한 맥락으로 볼 수 있다. 그는 안다. 권좌에서 내려오는 순간 한없이 외롭고 초라해질 것임을, 돈이라는 또 다른 권력을 마련해 놓지 않으면 지금 주변을 채우고 있는 사람들이 죄다 떠나갈 것임을, 순식간에 뒷방 늙은이로 전락할 수 있음을. 그 공허함이 두려워 끊임없이 재물을 탐한다. 하지만 돈이 많으면 주변에 사람이 많을 거라는 환상은 버리자. 권력자와 재력가의 주변에 머무르는 사람들에게 필요한 것은 그가 아니라 돈이다. 그런데도 자신에게서 떨어지는 떡고물을 바라는 사람들이 몰려든 것을 보면서 흐뭇해하겠다면…… 뭐, 말리지는 않겠다.

노년의 인간관계는 젊은 시절의 마음과 태도가 만든 결과물이다. 사람을 귀하게 여긴 사람은 노년이 되어서도 친분이 두텁다. 멀리 떨어져 있어 자주 보지 못하더라도 언제든 찾아갈 수 있고 찾아오는 친구가 있다는 사실만으로도 마음이 넉넉해진다. 그 반대라면? 외로울 수밖에 없다. 진짜 쓸쓸한 건 사람이 그리운데도 딱히 떠오르는 사람이 없을 때다.

그러니 40~50대에 어쩔 수 없이 각박하게 살더라도 마음을 터놓고 지내는 친구 몇 사람은 꼭 챙겨야 한다. 노년기에 적적하지 않기 위해서는 돈이 아니라 마음을 쌓아야 한다. 지금의 인간관계가 고스란히 노년기로 이어지기 때문이다.

자, 세 번째 질문으로 가 보자. '노인성 질환을 비롯한 갖가지 질병에는 어떻게 대처하는가?'

생각해 보자. 돈으로 병을 막을 수 있을까? 그럴 수 없다는 건 어린아이도 안다. 그런데도 돈과 건강을 결부시키는 것은 병에 걸렸을 때 치료비가 필요하기 때문이다. 하지만 웬만한 노인성 질환은 건강

노년의 인간관계와 건강은
청장년 시기의 태도와 습관의 연장선에 있다.

보험으로 얼마든지 커버할 수 있다. 암 역시 보험으로 충분히 대처할 수 있다. 우리나라에서 정상적으로 직업 활동을 한 사람이라면, 치료할 수 있는 병을 돈이 없어서 치료하지 못하는 일은 없다. 만약 병원비로 큰돈을 지출해야 할 상황이라면 이미 건강을 잃은 거다. 엄청난 돈을 들여 생명을 연장할 수야 있겠지만, 그렇게 건강을 잃고 난 뒤에 돈이 다 무슨 소용이겠는가.

건강은 지킬 수 있을 때 지키는 것이다. 돈으로 건강을 살 수는 없다. 돈으로 병을 막겠다는 말은 돈으로 죽음을 막겠다는 것과 같은 말이다. 어떻게 그럴 수 있는가? 돈으로 건강을 지킬 수 있다는 생각은 돈을 향한 과도한 신뢰와 물질 만능주의가 만들어 낸 환상에 불과하다.

인간관계와 마찬가지로 노년의 건강 역시 젊은 시절 생활 습관의 연장선상에 있다. 노년의 건강을 지키기 위해 당장 필요한 것은 돈이 아니라, 꾸준한 운동과 올바른 생활 습관이다. 돈과 건강은 아무런 상관이 없다.

네 번째 질문. '치매 등에 걸려서 가족의 짐이 되는 상황에는 어떻게 할 텐가?'

이 질문에는 뚜렷한 답이 떠오르지 않았다. 대신 아주 오래전에 읽은 소설의 내용이 생각났다.

치매에 걸린 어머니를 부양하는 아들이 있었다. 어머니는 오래전에 세상을 떠난 아버지를 찾는가 하면 음식을 온 집 안에 널어놓는 등 여러 가지 곤혹스러운 행동을 보였다. 증세가 점점 심해져서 간병인이 채 일주일을 못 채우고 떠났다. 급기야 어머니는 아들이 보는 앞에서 자신이 싼 똥을 먹기까지 한다. 그 모습을 본 아들은 어머니를 그 상태로 내버려 둘 수 없다고 판단하고 안락사를 시킨다. 아들은 어머니가 미워서가 아니라 사랑하기 때문에 그렇게 했다.

아들이 죽어서 옥황상제의 심판대에 섰다. 그는 선한 사람이었다. 딱 한 가지, 어머니를 안락사한 죄목으로 그는 지옥으로 떨어지게 된다. 아들은 항변한다. "어머니가 그토록 괴롭게 사는 것을 어떤 아들이 두고 보겠습니까?" 옥황상제는 이렇게 묻는다. "네 어머니가 괴로워했다는 것을 너는 어떻게 아느냐? 치매에 걸려 정신이 혼미한 상태에서는 행복할 수 없다고 누가 장담하더냐?" 아들은 크게 뉘우치고 지옥으로 향한다.

워낙 오래전에 읽은 소설이라 작가도, 제목도 생각나지 않지만, 그 강렬했던 인상만은 고스란히 남아 있다.

치매를 비롯하여 어떻게 손을 쓸 수 없는 상태로 오랫동안 자리를 보전해야 한다면 어떻게 할까? 여러 가지 상황을 상상해 보았지만, 어떤 것도 바람직하지 않았다.

그건 내가 어떻게 해 볼 수 있는 일이 아니었다. 그것만이 답이었다. 지금 내가 할 수 있는 일은 평화롭게 죽음을 맞기를 바라는 것뿐이었다. 아직 닥쳐오지 않은 불행을 미리 염려할 필요도 없었다. 한 가지 분명한 사실은 그러한 상황은 억만금이 있다 한들 해결할 수 없고, 가족들 역시 닥쳐 보지 않고는 그 어떤 판단도 내릴 수 없다는 점이었다. 만약 아내와 자식에게 짐이 되는 게 두렵다면, 지금으로서는 유일한 재산인 집을 팔아서(그때까지 남아 있다면) 요양원으로 들어가는 수밖에 없을 것 같았다. 나로서는 불가항력. 그래서 이 질문에도 줄을 그었다.

젊을 때는 살아 보지 않은 시간에 기대와 희망을 건다. 나이가 들면 아직 가 보지 않은 길이 두려워진다. 우리는 모두 '노년'이라는 낯선 시간을 앞두고 있다. 그나마 믿을 구석이었고 든든한 우군이었던 젊음이 멀어지고 있으니 두려운 게 당연하다.

노년에도 건강하게 잘살고 싶은 마음이야 다들 똑같다. 하지만 나이 듦을 인정해야 하고 노년의 삶도 받아들여야 한다. 가족 부양하느라 그동안 놓쳤던 것들과 나 자신에게 집중해야 한다. 노년에는 노년에만 할 수 있는 일들이 있다. 그것을 찾아내 삶의 의미를 새롭게 발견해 가야 할 시간이 다가오고 있다.

자신의 상황을 모르는
답답한 월급쟁이들

이 글을 시작한 이후로 다른 직장인들은 어떻게 노후를 준비하고 있는지 궁금했다. 나와 비슷한 승진 시스템과 연봉 체계에 있는 직장 동료들은 좋은 표본이 아니었다. 그래서 나와는 다른 직종과 연령대의 직장인을 만날 기회가 있으면 체면 차리지 않고 참석했다. 자리가 좀 무르익었다 싶으면 은근슬쩍 본론을 꺼냈다. "노후는 어떻게 준비하고 있나요?" 그다지 친하지 않은 사이에 던지기에는 너무 꼰대스러운 질문이다. 그래서 무심한 듯, 지나가는 투로 가볍게 툭 던졌다.

"늙어 죽을 때까지 쓸 돈은 충분히 모으고 있죠?"

꼰대 같기는 마찬가지지만, 내 깜냥으로는 이게 한계다.

내가 농담처럼 건넸기에 인터뷰(?)에 응한 그들도 그리 진지하게 답하지는 않았다. 다만 여러 케이스 가운데 대표성을 띠는 몇 가지 사례를 여기에 소개한다.

먼저 제법 알려진 중소기업에 다니는 서른 살 여성 지애(가명) 씨다. 미혼이고, 부모와 함께 살고 있다. 월급을 타면 일종의 하숙비로 일정 금액을 부모에게 주고 나머지는 다 쓴다고 했다. 종신 보험 하나 들어 두었고, 저축은 하지 않는다.

"늙으면 돈이 무슨 소용이에요? 그냥 다 쓰다 죽을래요."

진심인지 아닌지 판단하기 어려웠다. 어쨌든 앞서 노후가 불안하다고 답했던 20~30대 직장인 29.4%에는 들지 않았다. '현재를 즐겨라' 족이다. 결혼은 하지 않을 거냐고 물었더니 "좋은 사람 있으면요."라고 답했다. 그 순간 문득 못된 생각이 들었다. 지애 씨가 말한 '좋은 사람'이 혹시 자신의 남은 인생을 풍족하게 책임져 줄 만큼 경제적 능력을 갖춘 남자이지는 않을까?

뭐…… 그리 나쁜 노후 대비책은 아니다. 저마다 생각하는 방식과 살아가는 방식이 다르다. 나와 다르다 해서 그걸 나쁘다고 평가해서는 안 된다. 하지만 지애 씨에게 한 가지 부탁할 것이 있다(물론 그녀가 이 책을 읽을 거라고는 생각하지 않는다). 자신이 그렇게 생각하며 살아간다고 해서 다른 사람 역시 자신의 방식대로 살기를 바라지는 않았으면 좋겠다. 무언가 석연찮은 길을 택한 사람일수록 '공범'을 만들려는 욕구가 강한 편이다.

　다음은 역시 중소기업에 다니는 40대 후반의 남성 석황(가명) 씨다. 혼기를 놓치는 바람에 아직 미혼이고 나중에라도 결혼은 하지 않을 거라고 했다. 혼자 사는 게 편하단다. 부양하는 가족이 없어서 꽤 돈을 모았을 것 같은데, 그건 아니었다. 몇 년 전에 주식에 손을 댔다가 크게 손해를 보았다고 한다. 은근슬쩍 본론을 꺼냈다. 석황 씨의 대답. "적금을 두 개 들고 있기는 한데, 그걸로 노후 대비가 될지는 모르겠습니다."

　필호(가명) 씨는 중소기업이라고 하기에는 규모가 좀 크고 대기업이라고 하기에는 작은 중견 기업에서 근무하고 있다. 50대 초반이고, 대학생과 고 3 수험생 두 명의 자녀가 있다. 연봉은 약 8,000만 원. 세금을 뺀 실 수령액은 6,000만 원 정도 된다. 필호 씨는 개인연금과 종신 보험에 가입했다. 아파트 대출금을 갚다 보니 저축은 많이 하지 못했다. "대출금 말고도 아이들 교육비에 이것저것 나가는 게 많아서 노후 준비는 거의 못하고 있습니다." 필호 씨를 만났을 때만 해도 나는 은퇴 이후에 대한 공부가 부족했다. 그래서 그의 말을 들으며 격하게 공감했다. 나 역시 비슷한 처지였기 때문이다.

　자, 이제 석황 씨와 필호 씨에 대해서 생각해 보자.

　석황 씨는 꽤 오랜 시간 직장 생활을 했다. 퇴직 연금을 받을 수 있고, 별도로 국민연금도 쌓여 가는 중이다. 연금 수령액이 풍족하지 않더라도 홀몸이기 때문에 연금만으로도 노후에 생활하는 데에는 크게 문제가 없다. 여기에 적금 2개를 들어 놓았기 때문에 기본적인 생활비에 보태어 문화생활까지 충분히 누릴 수 있다. 은퇴 이후 석황 씨의 경제 상황은 적금 2개를 끝까지 유지하느냐 못하느냐에 달려 있다.

필호 씨는 노후 준비를 거의 못하고 있다고 말했지만, 그 역시 은퇴 이후를 잘 대비하고 있는 편이다. 일단 퇴직 연금과 국민연금이 있다. 개인연금에도 가입했으니 60세 이후로는 매달 몇 십만 원씩 추가로 수령하게 된다. 요즘 종신 보험 중에는 일정한 나이(보통 55세 이후)에 이르면 연금으로 전환할 수 있는 상품도 많다. 개인연금에 비하면 수령액이 적지만, 어쨌든 매달 추가적인 수입을 기대할 수 있다.

앞서 내가 다소 부정적으로 보았던 지애 씨도 지금부터 착실히 준비한다면 얼마든지 능동적으로 노후를 대비할 수 있다. 벌써 6년째 직장에 다니고 있으니 국민연금이 어느 정도 쌓였을 것이다. 그러다가 마음에 꼭 드는 건실한 청년을 만나 결혼을 한다면 조금 일찍 퇴직하더라도 나중에 적으나마 남편의 연금에 더해져 노후 생활비에 보탬이 될 수 있다.

노후 자금은 '티끌 모아 태산'이다. 어디 한 군데에서 목돈이 왕창 나오는 구조가 아니라, 여기저기서 조금씩 모여 일정한 규모를 형성하는 모양새를 취한다. 그럼 이렇게 생각하는 분도 있을 것이다. '연금형 금융 상품을 많이 가입하면 좋겠네?' 물론 그러면 도움이 되겠지만, 현재 재정 상황부터 알아보고 판단해야 한다. 걱정이 앞선 나머지 일단 허리띠부터 잔뜩, 숨을 쉬지 못할 정도로 졸라맬 필요는 없다. 노년을 풍족하게 지내겠답시고 젊은 날을 희생하는 건 대단히 어리석은 일이다.

내가 만난 직장인들은 특수한 위치에 있는 사람들이 아니었다. 개인연금이나 종신 보험을 추가로 준비하고 있는 것 말고는 별다른 조치가 없었다. 맞벌이를 해서 부부가 함께 연금을 수령하는 경우도 드물었다. 지극히 평범한 직장인들이었다.

내가 하고 싶은 이야기는 대부분의 직장인이 알게 모르게 은퇴 이후의 삶을 위한 경제적 준비를 어느 정도는 하고 있다는 사실이다. 정확히 따져 보지 않아서, 노년의 삶을 구체적으로 머릿속에 그려 보지 않아서 막연한 걱정에 빠져 있을 뿐이다.

물론 내가 위에서 든 세 가지 사례와 그에 대한 평가만 가지고 아직 안도하기는 힘들 것이다. 왜? 석황 씨와 필호 씨가 나중에 얼마의 연금을 수령하는지 정확한 금액을 모르니까. 자, 그래서 다음 글에서는 나의 가감 없는 실제 사례를 들려주기로 하겠다. 독자들께서는 필자의 연금 수령액을 통해서 자기만의 기준을 잡을 수 있을 것이다.

나의
연금 수령액은 얼마?

노후에 대한 공부를 하면서 국민연금제도와 퇴직 연금이 꽤 훌륭한 시스템이라는 사실을 깨닫게 되었다. 마치 아무도 모르고 있는 비밀을 혼자 알게 된 것 마냥 약간 신이 나기도 했다. 그래서 친한 사람들을 만날 때마다 내가 알고 있는 바를 이야기해 주고는 했다. 혹시 기억하실지 모르겠는데, 내가 노후에 대한 두려움에 사로잡혀 있을 때 같은 처지를 비관하며 술자리에서 함께 넋두리를 쏟아냈던 그 친구들이다.

국민연금에 대해서 이야기를 꺼내면 처음에는 다들 시큰둥한 반응을 보인다. "언젠가는 받겠지, 뭐." "그게 얼마나 되겠어?"

직장인이라면 누구나 월급 명세서를 보고서 분통을 터뜨린 경험이 있을 것이다. 당장 쓸 돈도 모자란데 이렇게 뭉텅이로 뜯어 가면 어쩌느냐고 말이다. 나라에서 강제로 뜯어 가는 것 중에 국민연금이 제일 크다. 안 그래도 가벼운 지갑을 더 가볍게 만드는 적이다. 그래서 다들 국민연금을 좋은 시선으로 보지 않는다. 나도 마찬가지였다. 그런데 이 밉상덩어리 국민연금이 효자로 돌변하리라고는 생각지도 못했다.

아, 미리 이야기해 두겠는데, 나는 국민연금공단의 홍보대사가 아니다. 제도가 엉망인데 이를 감추고 좋은 점만 부풀리려는 의도도 없다. 노후에 대한 불안으로 밤잠을 설치던 나에게 서광을 비추어 준 고마운 제도이기에 있는 그대로 사실을 알려 드릴 뿐이다.

단도직입적으로 결론부터 말하자면, 국민연금만으로 적정한 노후 생활비를 충당하기에는 많이 모자란다. 국민연금연구원이 2018년 12월에 낸 '중고령자의 경제생활 및 노후준비 실태' 보고서에 따르면 50세 이상이 생각하는 노후의 적정 생활비는 부부 기준 월 243만 원(개인은 157만 원)이고, 최소 생활비는 176만 원(개인은 108만 원)이다. 최소 생활비란 특별한 질병이 없다고 가정할 때 최저 생활을 하는 데 필요한 비용을 말한다. 반면 적정 생활비는 질병이 없는 건강한 노년을 가정하고 표준적인 생활을 할 때 드는 비용을 뜻하며 243만 원은 당시 조사했던 4,449가구의 주관적 판단에 따른 것이다. 그러니 적정 생활비는 사람마다 규모가 다를 수 있다.

어쨌거나 국민연금이 최소 생활비에도 못 미친다는 사실은 달라지지 않는다. 하지만 퇴직 연금이 있다. 국민연금과 퇴직 연금을 합치면 어느 정도 노후 생활비에 접근하게 된다. 참고로 같은 직장인이라도 공무원공무원연금과 교사사학연금, 군인군인연금은 연금 수령액이 훨씬 크다. 공직에 오래 있었거나 교사를 오랫동안 한 사람, 군인으로 정년퇴직한 이들은 연금만으로도 안정적인 은퇴 생활이 가능하다. 평범한 회사원으로서는 부럽지 않을 수 없다.

우선 인터넷 사이트 두 군데를 소개하겠다. 메모해 두었다가 잊지 말고 꼭 접속해 보기 바란다. 금융감독원이 운영하는 통합연금포털100lifeplan.fss.or.kr과 국민연금공단이 운영하는 노후 준비 서비스csa.nps.or.kr/main.do다. 이들 사이트는 국민연금, 퇴직 연금, 개인연금 등 가입한 연금에 대한 모든 정보를 제공한다. 회원으로 가입한 후 연금 조회 신청을 하면 3일 뒤에 정보를 열람할 수 있다. 지금까지 얼마만큼 납입했는지, 몇 살부터 연금을 수령하는지, 수령액은 얼마인지 한눈에 알 수 있다. 뿐만 아니라 현 상황을 그대로 유지한다면 은퇴 후에 얼마 정도의 생활비가 필요한지도 예측해 준다. 앞으로의 소득과 물가 상승률, 시장 금리 등 변동 사항이 적지 않아서 이 예측이 100% 들어맞는다고 볼 수는 없지만, 그래도 자신의 노후를 '경제적으로' 가늠해 볼 수는 있다.

그럼 나의 조회 결과는 어땠을까? 희망적이었다. 국민연금과 퇴직연금의 수령액만으로도 은퇴 이후의 생활 자금을 어느 정도 확보할 수 있다는 결론이 나왔다. 독자 여러분의 이해를 돕기 위해 나의 사례를 그대로 옮겨 보겠다.

2019년 3월 현재 나는 우리나라 나이로 51세다. 20년 넘게 직장 생활을 했고, 입사할 때부터 국민연금에 자동으로 가입되어 매달 꼬박꼬박 납입했다. 이 사이트에 따르면 나는 65세부터 국민연금의 혜택을 볼 수 있다. 참고로 말씀드리자면, 1961~1964년생은 63세부터, 1965~1968년생은 64세부터, 1969년생 이후부터는 65세부터 연금을 수령하게 된다. 나는 1969년생이다.

그렇다면 수령액은 얼마일까? 65세부터 매달 142만 원을 받는다. 3개월 전만 해도 137만 원이었는데, 그 사이에 5만 원이 올랐다. 70세부터는 매달 148만 원, 75세부터는 156만 원, 80세부터는 164만 원 정도를 받는다. 이 금액은 현재 가치를 기준으로 한 것이다. 다른 연금과 달리 국민연금은 물가 상승률이 반영된다는 장점이 있다.

내가 65세 때 수령하게 될 142만 원을 소득 상승률과 물가 상승률을 감안한 미래 가치로 환산하면 금액은 크게 달라진다. 통합연금포털은 이를 크게 3단계로 구분했다. 평균적인 소득 증가율을 3.5%로 가정할 경우 내가 65세 때 수령할 연금은 미래 가치로 240만 원이 된다. 만약 소득 증가율을 최저치$^{3.1\%}$로 가정하면 미래 가치가 227만 원으로 줄어들고, 최고치$^{4.1\%}$로 가정하면 256만 원으로 늘어난다. 결론적으로 나는 65세 때 227만~256만 원을 받게 된다는 뜻이다. 하지만 이렇게 따지면 머리 아프니까, 앞으로는 그냥 현재 가치로 계산을 하도록 하겠다.

내가 다른 사람에 비해 국민연금을 많이 받는 편일까? 현재 20년 이상 가입자의 평균 수령액은 약 92만 원이다. 그렇다면 내가 고액 연금 수령자라고 판단하기 쉽겠지만 통계의 함정이다. 현재 연금 수령자는 대부분 6070 세대 혹은 7080 세대다. 과거에 국민연금 보험료를 적게 냈기에 수령액도 그만큼 적은 것이다. 나는 앞으로 10년 이상 연금 보험료를 더 내야 하고 15년이 지나야 연금을 받는다. 그러니 나와 동년배의 직장인과 비교하는 게 옳다. 실제로 비교해 보니 나보다 적은 이도 있었고, 많은 이도 있었다. 사실 나는 개인 사정으로 2년 동안 국민연금 보험료를 내지 못했다. 때문에 일반 중견 기업에 다니는 4050 세대 가입자에 비해 나의 국민연금 수령액이 적을 수도 있다.

나의 사례로 추정하건대 현재 직장에 20년 이상 다닌 40~50대라면 110만~160만 원 정도의 국민연금을 받게 된다. 이만한 금액으로는 은퇴 생활이 궁핍할 수밖에 없다(부부 기준 최소 생활비가 176만 원).

그래서 안전장치가 하나 더 필요하다. 바로 퇴직 연금이다. 나의 사례를 조금 더 살펴보자.

사실 연금에 대해서 알아보기 전에는 퇴직 연금에 대해서 거의 생각해 본 적이 없었다. 막연히 정년퇴직할 때 일시불로 받는 것으로만 알고 있었다. 월급에서 보험료가 자동 이체되어서 그동안 얼마를 납입했는지도 몰랐다. 그런데 액수를 확인하고는 적잖이 놀랐다. 내가 예상했던 것보다 많았기 때문이다. 여러분도 사이트를 확인해 보면 나와 같은 반응을 보일 것이다.

나의 경우 퇴직 연금으로는 61세부터 80세까지 매달 124만 원을 받는다고 나와 있었다. 혹시 나의 월급이 많아서 보험료를 많이 냈고, 그래서 퇴직 연금 수령액도 큰 거 아니냐고 묻고 싶은 분이 있을 것이다. 나의 신상명세를 완전히 까발릴 수는 없으니 이 정도로만 공개하면 어떨까? 중견 기업(대기업은 아니다)에 다니고 있고 부장이나 차장급이라면 비슷한 수준일 것이라고 말이다(앞서 밝혔듯 나는 우리 나이로 51세이며 대략 세금을 제하고 연간 6,000만 원 정도를 받는다).

한 가지 생각해야 할 것은 퇴직 연금은 물가 상승률을 고려하지 않는다는 점이다. 내 경우에 퇴직 연금은 124만 원으로 고정된다(수익률에 따라서 더 많을 수도, 더 적을 수도 있다. 현재가 그렇다는 뜻이다. 3개월 전에는 130만 원이었는데 수익률 저하로 6만 원이 빠졌다). 물가가 올라도 같이 연동되어 오르지 않는다. 그러니까 미래에 받을 124만 원을 현재 가치로 환산하면 가까운 시기는 120만 원 정도가 되지만 15년 정도가 지나면 80만 원 선으로 떨어진다. 이해가 안 간다고? 56페이지의 표를 보면 이해가 갈 것이다.

이제 나의 상황을 종합해 보자. 60세까지 회사에 다닌다고 가정하겠다. 독자의 이해를 돕기 위해 연금 수령액은 모두 현재 가치로 환산했다. 미래 가치로 환산하기에는 변수가 너무 많기 때문이다.

61세부터 64세까지는 국민연금을 받지 못한다. 따라서 이 나이에는 매달 받는 퇴직 연금 112만~121만 원이 유일한 소득이다. 최소 생활비에 현저히 못 미친다. 대책이 필요하다. 그래서 보완을 해 놓았다. 개인연금이다. 60~64세의 5년 동안 연금을 받을 수 있도록 설계했고, 현재 매달 보험료를 납부하고 있다. 앞서 소개한 사이트에 의하면 나는 60세부터 64세까지 매달 73만~79만 원의 개인연금을 받는다. 물론 현재 가치로 환산한 것이다. 자, 총액을 계산해 보자. 국민연금을 받지 못하는 기간 동안, 즉 60~64세 때의 총 수입은 184만~200만 원이다.

이 정도로 넉넉하다고 볼 수는 없다. 하지만 개인연금 하나 더 들었을 뿐인데, 최소 생활비인 176만 원을 충당하고도 몇 만 원이 남는다. 사실 나와 아내 명의의 종신 보험이 하나씩 더 있다. 이 보험은 모두

55세부터 연금으로 전환이 가능하다. 우리 부부의 종신 보험을 연금으로 전환하면 이 4년 동안 현재 가치 기준으로 30만~50만 원의 수입이 더 생긴다. 그렇다면 최종적으로 61세부터 64세까지, 국민연금이 나오지 않는 사각지대에 우리 부부의 수입은 대략 210만~250만 원이 된다. 적정 생활비를 충당할 수준은 된다는 뜻이다. 이 금액을 굳이 미래 가치 기준으로 환산하지는 않겠다. 이미 말한 대로 변수가 많다. 그냥 현재 가치로 이해하자.

한 가지 고백할 것이 있다. 내가 개인연금과 종신 보험을 들어 둔 것은 순전히 지인의 부탁 때문이었다. 왜 다들 그런 상황이 있지 않은가? 친척이나 친구, 후배 등이 보험 좀 들어 달라고 하는 경우. 나도 그런 상황에서 거절을 못해 가입을 했다. 당시에는 정말로 혹 하나 뗀다는 마음이었다. 이 자리를 빌려 그때 보험을 강요(?)하고 내게 알맞게 설계를 해 준 지인께 감사드린다.

자, 다시 내 노후 자금으로 돌아가자. 65세부터는 좀 달라진다. 개인연금이 사라지는 대신 국민연금이 등장한다. 퇴직 연금과 국민연금을 합쳐 65세에는 251만 원 정도를 받는다. 물론 현재 가치 기준이다. 그러다 퇴직 연금이 끊기는 80세부터는 소득이 크게 떨어진다. 80세 때는 국민연금 172만 원, 81세 때는 174만 원, 90세 때는 196만 원이 수입의 전부가 된다. 이 정도로도 살 수 없는 것은 아니다. 그래도 대

	60~64세	65세	66~79세	80세	81~90세
국민연금 수령액	0	1,420,714	1,439,167 ~ 1,702,333	1,724,417	1,746,833 ~ 1,962,167
퇴직 연금 수령액	1,215,200 ~ 1,120,862	1,098,445	1,076,475 ~ 827,834	0	0
개인연금 수령액	790,207 ~ 728,861	0	0	0	0
총 연금 수령액	2,005,407 ~ 1,849,723	2,519,159	2,515,642 ~ 2,530,167	1,724,417	1,746,833 ~ 1,962,167

※ 참고사항

1. 통합연금포털 자료를 바탕으로 매달 수령액을 추산한 것임. 모두 현재 가치를 기준으로 계산했음

2. 국민연금은 65세부터 수령함. 매년 물가 상승률과 이자 상승분으로 인해 국민연금은 다른 연금과 달리 수령액이 증가하는 구조임

3. 퇴직 연금 수령액 총액은 불변함. 따라서 물가 상승률 2%를 기준으로 현재 가치로 환산했기에 매달 수령액이 감소하는 구조임

4. 개인연금은 60~64세의 5년 수령을 목표로 설계했기에 65세부터는 해당 사항 없음

5. 연금으로 전환할 수 있는 종신 보험 자료는 통합연금포털에서 제공하지 않음. 따라서 여기에는 포함되지 않았음

비책이 있으면 좋다. 여기에 대해서도 나중에 이야기해 드리겠다.

이로써 우리 부부의 연도별 연금 수령액 정리가 끝났다. 고개를 떨어뜨리고 시름할 정도는 아니다. 혹시 부족하더라도 다 맞추고 사는 방법이 있다. 또한 아직 밝히지 않은 '큰 덩어리'가 하나 남아 있다. 아무튼 이로써 노년의 나에게 던졌던 다섯 번째 질문에 답할 수 있게 되었다. "문화를 향유하고 레저를 즐길 만큼 생활비가 넉넉한가?" 내 대답은 '그렇다.'이다.

현역으로 직장 생활을 하며 월급을 받고 있는 지금도 살림은 늘 빠듯하다. 기본 생활비에 각종 공과금과 주택 대출금, 연금 저축과 보험료, 아이들 교육비 등등. 그뿐인가? 어쩌다 집안에 큰일이 생기면 마이너스 통장에 큰 구멍이 뚫리고 그걸 메우느라 한동안 긴축 모드로 들어가야 한다. 다들 그렇게 살고 있다.

지금보다 수입이 적었다면 우리 가족이 피폐해졌을까? 그렇지 않다. 월급이 조금 더 많았다면 그 초과분이 고스란히 예금과 적금으로 쌓였을까? 그렇지 않다. 지금까지 우리는 벌이에 맞추어 생활해 왔다. 남의 떡이 커 보이는 것이 인성의 약점이어서 나보다 많이 벌고 많이 쓰고 많이 모으는 사람이 부러울 때도 있다. 하지만 이 글을 쓰는 지금 이 순간, 나 또한 누군가의 부러움을 사고 있을 것을 생각하면 그런 마음이 부끄러워진다.

'돈'의 관점에서 인생을 생각하면
항상 부족함과 불안함에 시달릴 수밖에 없다.

어떻게 살 것이냐고, 어떤 사람으로 살아가고 싶으냐고
스스로에게 질문을 던지면
그때는 다른 것들이 보이기 시작한다.

어쨌든 우리 부부 노후 생활비의 윤곽이 나왔다. 이제 이 생활비로 노년에 무엇을 하며 지낼 것인가라는 숙제가 남았다. 가끔 아내와 골프를 즐기고 여행을 다니고 외식을 하고 아이들 가족을 불러서 파티를 하면 되겠지? 어떤 달에는 좀 거하게 쓰고 어떤 달에는 아끼는 지금의 패턴이 그대로 이어지겠지? 그렇게 살면 되는 거겠지?

이런 생각을 하던 중에 노년기에 이른 한 부부를 만났다. 그 부부를 만난 이후로 나는 새로운 세계에 눈을 떴다. 아내와 나의 노년을 어떻게 채울지에 대한 목표가 생겼다. 다음 글에서 그 이야기를 하려고 한다.

매년 40일간
해외 골프 여행을 떠나는 노부부

아내와 나는 둘 다 골프를 즐긴다. 틈틈이 스크린 골프로 연습하다가 실력도 검증하고 데이트도 할 겸 일 년에 두세 번 정도 필드에 나간다. 아내와 내가 함께 필드에 나간 지는 4~5년쯤 된 것 같다. 비싼 골프장은 못 가고 나인 홀을 두 번 도는 퍼블릭 골프장을 주로 간다.

작년 봄 무렵이었다. 퍼블릭 골프장에 갔다가 한 노부부를 발견했다. 머리가 희끗희끗한 노부부가 함께 골프를 즐기는 모습이 보기 좋아서 아내와 나는 우리도 나중에 저러자고 약속을 했더랬다. 잠시 대화를 나누어 보고 싶었는데, 기회가 생겼다. 마침 앞 팀, 그 앞 팀이 밀려 있어 잠시 쉬도록 설치된 '그늘집'에서 한참 기다려야 했다. 용기를 내어 다가갔다. 그분들의 이야기가 듣고 싶었다. 노부부도 2명,

우리 부부도 2명인지라 동질감을 느꼈던 걸까(보통 한국에서는 4인이 한 팀이 돼 골프를 한다. 노부부와 우리 부부가 그 룰을 벗어난 셈이다)? 노부부는 의외로 쉽게 입을 열었다. 일이 잘 풀렸다.

김일권(가명), 정순영(가명) 씨 부부는 70대 초반이다. 젊은 시절 무역 회사의 해외 영업 파트에서 일했던 김일권 씨는 해외 출장이 잦았다. 그 시절 외국 바이어를 통해 처음 골프를 접했다. 골프 실력이 어느 정도 수준에 올랐을 때 김 씨는 아내에게 골프를 권했다. 골프는 부자들만 즐기는 것으로 알았던 정순영 씨는 남편의 권유에 깜짝 놀랐다고 한다. 우리나라 골프장의 그린피green fee는 외국의 골프장에 비해 너무 비쌌기 때문이다.

비싸 봐야 얼마나 비싸겠어? 이런 생각에 국내 골프장을 예약한 김 씨는 현장을 둘러본 후에 비쌀 수밖에 없겠다는 생각이 들었다. 외국의 골프장에 비해 시설이 으리으리했다. 조경이 대단히 잘 조성되어 있고 클럽하우스도 무척 고급스러웠다. 시설을 이렇게 꾸미고 유지하려면 건축비가 상당히 많이 들고 운영비도 높을 수밖에 없을 것 같았다. 그걸 충당하기 위해 그린피를 높게 책정한 것이었다. 게임 도우미에게 지불하는 캐디피도 만만치 않았다. 요즘 시세로 골프 한 라운드를 돌려면 4인 기준으로 한다고 해도 부부가 최소 50만 원은 내야 한다.

이미 예약한 것 무를 수도 없는 상황이니 김 씨 부부는 본전을 뽑겠다는 마음으로 최대한 즐겁게 골프를 즐겼다. 다행히 아내 정순영 씨도 재미있게 공을 쳤다. 사실 골프는 부부가 함께 즐기기에 참 좋은 스포츠다. 함께 운동을 하면서 이런저런 이야기를 나눌 수 있다. 하지만 비용이 문제다. 월급쟁이 형편인 김 씨 부부에게 골프는 커다란 사치였다. 이 문제를 해결하기 위해 평소에는 골프 연습장에서 벽을 보고 공을 치다가 반기별 혹은 분기별 이벤트처럼 필드에 가고는 했다.

하지만 그것도 김일권 씨가 현역에 있을 때의 일이었다. 김 씨가 62살에 정년퇴임을 한 후로는 필드에 가는 게 쉽지 않았다. 대신 부부는 새롭게 생겨난 시뮬레이션 골프장과 골프 연습장에서 골프채를 휘두르며 아쉬움을 달랬다.

그러던 중 지인으로부터 아주 흥미로운 이야기를 들었다. 동남아시아에서는 비교적 저렴한 비용으로 한 달 내외 일정의 골프 여행을 즐길 수 있다는 것이었다. 한 달씩이나? 망설일 이유가 없었다. 부부는 장소와 일정, 비용 등을 알아본 뒤에 당장 동남아시아로 골프 여행을 떠났다. 이후로 부부는 벌써 칠 년째 일 년에 한 번 동남아시아로 가서 골프를 즐긴다. 여행 기간은 40일 정도. 왜 한 달이 아니고 40일이냐고 묻자, 딱히 이유는 없다고 했다. 어쩌다 보니 40일로 일정을 잡게 되었단다.

이 이야기를 처음 들었을 때 나는 김일권, 정순영 씨 부부가 그래도 모아 놓은 재산이 꽤 있는 알부자인가 보다 생각했다. 40일 동안 부부가 골프 여행을 즐기려면 경비가 적어도 1,500만 원은 넘게 들 테니까. 골프 여행 이야기를 들었을 때 내가 제일 먼저 물은 것도 경비에 관한 것이었다. 내 물음에 김일권 씨가 웃으면서 말했다.

"천오백만 원요? 에이, 아니에요. 그 삼분의 일도 안 듭니다."

골프 한 게임을 즐기려면 얼마쯤의 돈이 드는지는 나도 대충 알고 있다. 그런데 500만 원도 안 되는 돈으로 부부가 한 달 넘게 해외에서 골프 여행을 즐긴다니……. 동남아시아 물가가 우리보다 낮다고는 해도 쉽게 믿기지 않았다.

"물론 숙박비랑 항공비는 빼고 말씀하신 거죠?"

"아뇨. 숙식비와 항공비에 그린피까지 다 포함해서요."

의문을 풀기 위해서 부부의 얘기를 좀 더 들어 보았다.

부부의 골프 경력은 최소 20~30년이다. 이 정도 경력이면 실력도 상당한 수준일 것이다. 실제로 두 사람 모두 흔히 말하는 '싱글 플레이어'라고 한다. 골프 클럽을 오랫동안 잡지 못하면 손이 근질거릴 것이다. 하지만 앞서 말한 대로 남편이 은퇴한 뒤로는 경제적 부담이 커서 골프 연습장으로 만족해야 했다.

그래도 골프를 향한 갈증을 이기기는 힘들었다. 결국 은퇴 이후 부부는 종종 3박 4일이나 4박 5일 일정으로 동남아시아 지역에 골프 패키지여행을 다녀오고는 했다. 그린피 자체가 한국보다 싸기는 했지만 이런저런 경비가 꽤 붙었다. 그러다 보니 실제 지출 경비는 그다지 저렴하지 않았다. 성과라면, 골프 친구들이 생겨났고, 그들과 어울리면서 많은 정보를 얻게 되었다는 점이다. 지금 다니고 있는, 한 달 정도 머물면서 원 없이 골프를 즐길 수 있는 동남아시아의 골프장도 그렇게 해서 알게 되었다.

도대체 어디에 그런 곳이 있는지 궁금해서 부부에게 물었다. 그런데 부부는 서로 눈치를 살피더니 아내 정순영 씨가 웃음을 머금은 채말했다.

"이 이야기를 책에 쓰시면 사람들이 막 찾아오는 거 아니에요? 그러면 물도 흐려지고 가격도 오를 텐데⋯⋯."

부부는 사람이 몰려서 수요가 많아지면 전체적으로 경비가 오를까봐 걱정하고 있었다. 그래서 정말 친한 사이가 아니면 주변 사람들한테도 알려 주지 않는다고 했다. 그래서 정확한 지명은 밝히지 않는다는 조건을 달고 부부로부터 더 많은 이야기를 들을 수 있었다.

태국의 수도 방콕 서쪽으로 콰이강이 흐른다. 맞다. 영화 〈콰이강의 다리〉 배경이 되었던 바로 그 강이다. 방콕에서 이 강을 따라 차량으로 3~4시간 들어가면 골짜기 안쪽으로 호텔이 있고, 그 옆에 호

쉼 없이 달려가다가 문득 멈추면
그제야 주변의 풍경이 눈에 들어온다.
이제껏 앞만 보고 달려온 이들에게
노년의 시간은 이렇게 말한다.
이제는 당신 자신과 친해질 시간이라고….

텔에서 운영하는 골프장이 조성되어 있다. 사람이 모여 사는 곳과 멀리 떨어져 있어서 시내로 나가려면 따로 택시를 불러야 한다. 주로 골프 여행을 오는 사람들이 묵기 때문에 이 호텔을 '골프텔'이라고 부른다고 했다. 이곳에서의 생활이 어떨까? 부부의 설명을 직접 옮겨 보겠다.

"하루 세 끼 식사가 제공됩니다. 객실 청소도 알아서 해 주고요. 매일 골프를 한 게임씩 즐길 수 있습니다. 일정액을 내면 이 모든 서비스를 누릴 수 있어요. 그러니 따로 돈 들어갈 일이 없습니다. 가끔 시내로 나가는 분들도 있는데, 우리 부부는 안 그래요. 골프를 즐기기 위해 간 거라서 굳이 시내 관광을 할 필요를 못 느끼거든요. 쏟아질 것 같은 밤하늘의 별을 구경하는 것이 더 좋습니다. 골프를 치고 난 뒤에는 산책을 합니다. 그곳에서는 시간이 아주 천천히 흘러가기 때문에 서두를 것이 없습니다. 치안 상태도 좋아서 범죄 걱정은 하지 않아도 돼요."

부부는 2012년부터 매년 그곳을 찾았다고 한다. 그곳에 머무는 40일 동안 부부는 골프 애호가로서의 삶을 충분히 누린다. 한국에 있으면서 겪는 번잡한 문제들은 모두 잊고 지낸다. 특히 아내인 정순영 씨가 좋아한단다. 가사 노동을 하지 않아도 되니까. 이 40일 동안 부부는 일 년 중 가장 행복한 시간을 보낸다고 했다.

"한국에서 일 년 내내 똑같은 일상을 반복하다 보면, 솔직히 삶이 무의미해질 때가 있어요. 저희 같은 노인네들에게 무슨 특별한 일이 일어나겠어요? 아무런 변화도 없이 그저 우리가 늙어 가고 있다는 사실만 확인하죠. 하지만 저와 아내는 이 골프 여행을 해서 참 다행이에요. 골프 여행은 40일뿐이지만, 다음 여행을 기다리는 나머지 11개월이 결코 지루하지 않거든요. 그리고 삶의 목적이 생기니까 보다 계획적으로 살 수도 있고요. 골프를 즐길 수 있는 체력이 될 때까지는 그곳에 계속 갈 겁니다. 나중에 체력이 떨어지면 그때는 힘이 덜 드는 방향으로 계획을 짜서 떠날 거예요. 그곳에서 만난 외국인 친구들이 꽤 있는데, 그들의 나라를 방문하는 것도 나쁘지 않을 것 같아요. 그때도 최소 한 달은 머물다 올 겁니다."

노부부와 이야기를 나누는 동안 나도 모르는 사이에 어떤 에너지가 생겨나는 것을 느꼈다. 그때는 알지 못했는데, 나중에야 그 에너지의 정체를 깨달았다. 그것은 '기대'와 '희망'이었다. 무엇에 대한 기대와 희망일까? 우리 부부의 노년에 대한 기대와 희망이었다. 김 씨 부부의 삶은 아내와 나의 노년에 새로운 이정표를 제시해 주었다.

그래서 나는
정말로 은퇴가 기다려지기 시작했다

　김일권, 정순영 씨 부부와 헤어져 집으로 돌아가는 길에 아내와 나는 별로 말이 없었다. 두 사람이 전해 준 이야기의 여운이 굉장히 진했기 때문이다.

　집으로 향하면서 다시 자문했다. '나는 왜 은퇴 이후를 두려워하고 있는가?' 처음 이 질문을 했을 때 나의 대답은 확고했다. '돈을 못 벌게 되니까!' 그런데 정말 그것뿐이었을까?

　아니다. '은퇴'라는 상황 자체가 싫었다. 오래지 않아 직장에서 나의 쓸모가 다하고 사회적으로도 역할이 줄어들 것이라는 예정된 현실이 씁쓸했다. 하루 12시간 이상을 바쳤던 사회 활동의 빈 공간을 무엇으로 채워야 할지도 알 수 없었다. 지금은 친구처럼 잘 지내고 있는 아내와 내가 은퇴 이후의 긴 시간을 함께 지내면서 여전히 사이가 좋을 수 있을지도 의문이었다. 그동안 우리 부부는 아이를 키우고 살림을 늘리고 여러 가지 일상의 문제들을 함께 해결하면서 뜻을 모아왔다. 그렇게 힘든 일들을 겪는 가운데 우리는 멀어지기도 하고 가까워지기도 했다. 하지만 나이가 들어 함께할 '거리'들이 차츰 줄어들면 무엇으로 우리 부부의 관계를, 또 나와 이 세상의 관계를 갱신할 수 있을까…… 난 자신할 수 없었다.

노년이라는 시간은 지금껏 이어 온 굵직한 삶의 패턴, 그러니까 아침에 집에서 나가(등교와 출근) 저녁에 집에 돌아오는(하교와 퇴근) 하루의 질서가 완전히 무너진 낯선 삶을 의미했다. 거기에 적응할 수 있을지, 그것 또한 난 자신할 수 없었다. 그러니까 나에게 은퇴 이후는 텅 비어 있는 황무지와도 같은 느낌으로 다가왔고, 그런 부정적 인상들이 나로 하여금 은퇴 이후를 두렵게 했던 것이다. '돈을 못 벌게 되니까'라는 나의 대답은 노년에 대한 총체적 이질감이 구체화된 한마디 언어일 뿐이었다.

한 인문학자는 대학 교수로 재직하던 중 25년째에 사표를 내고 야인이 되었다. 25년은 배우고 25년은 가르치며 25년은 책 읽고 글 쓰면서 살겠다는 계획을 실천하기 위해서라고 했다. 그의 말을 접하면서 혼잣말로 이렇게 물었다. "나머지 25년은 뭐 하시려고?"

내 머릿속에 '100세 시대'라는 화두가 주입되어 있었기 때문이다. 100세 시대라는 말은 인간의 평균 수명이 100살이라는 뜻인데, 이게 사실일까?

당장의 현실은 그렇지 않다. 2016년 현재 우리나라 사람의 평균 수명은 남자가 79.3세, 여자가 85.4세다. 해가 거듭될수록 평균 수명이 상승 곡선을 그리기 때문에 언젠가는 정말로 우리나라의 평균 수명이 100세에 도달하는 날이 올지도 모른다. 어쨌든 100세 시대가 현실이 되려면 아직 시간이 남아 있다. 그런데도 왜 언론과 미디어는 벌써부터 설레발을 치는 걸까? 근거가 있다.

평균 수명은 일 년 동안 사망한 사람들의 나이를 합산하고 이를 사망자의 숫자로 나눈 수치다. 자살이나 사고사 등 비교적 젊은 나이에 유명을 달리한 분들의 수명까지 포함되어 있다. 자연사한 이들만 놓고 따진다면 평균 수명이 상당히 높아질 수 있다. 게다가 100세 가까이 천수를 누리는 어르신의 비율이 꽤 높아졌다. 다들 그런 느낌을 가질 것 같은데, 실제로 요즘 들어 문상을 가 보면 아흔을 넘겨 돌아가신 고인이 꽤 많다. 통계적으로 나타나는 수치보다 평균 수명을 높게 생각할 수밖에 없는 것이다.

또 한 가지 들여다볼 사안이 있다. 통계청에 따르면 1970년 우리나라의 평균 수명은 남자가 58.7세였고, 여자는 65.8세였다. 2016년까지 46년 사이에 평균 수명이 남녀 모두 20년 정도 늘어났다. 이런 추세를 바탕으로 기계적으로 계산해 보면 2062년에 우리나라는 진정한 100세 시대에 도달하게 된다. 의학 기술이 나날이 비약적으로 발달하고 있기 때문에 이 시기가 앞당겨질지도 모른다. 현재 4050 세대는 정말로 100살까지 살 가능성이 높다. 그러니까 언론과 미디어가 강조하는 '100세 시대'라는 용어와 '은퇴 후 40년을 준비하라'는 구호는 실질적인 팩트를 바탕으로 지금의 4050 세대를 겨냥하고 있는 것이다.

이 책을 읽고 있는 4050 세대 독자 여러분은 정말로 100살까지 살게 된다. 은퇴 이후 40년이라는 시간이 남는다. 어떤 작가는 또 이렇게 말했다. 30년은 공부하고, 30년은 일하며, 30년은 쉬어야 한다고. 현 추세대로라면 그러고도 10년의 시간이 덤으로 주어진다. 그런데 이게 과연 축복일까?

'장수의 역설'이라는 말이 있다. 오래 사는 것에 비해 삶의 질이 떨어지면서 노년을 불행하게 보내는 상황을 일컫는 용어다. "내가 일찍 죽었어야지 이런 꼴을 안 당할 텐데."라는 어르신들의 넋두리가 장수의 역설을 대변한다.

은퇴 이후 40년이라……. 길다면 길고 짧다면 짧은 시간이다. 열아홉 살, 입시의 노예로 살고 있던 시절에 나는 어서 빨리 서른 살이 되고 싶었다. 서른이 되면 돈도 벌고 있을 테고, 부모의 그늘에서 벗어났을 테고, 학교에 다니지 않아도 될 테니까. 그런데 언제였는지도 모르는 사이에 서른은 후다닥 지나가 버렸고, 정신 차려 보니 쉰을 앞두고 있었다. 정말 눈 깜짝할 사이에 30년이 지나갔다.

하지만 지난 30년 동안에 나는 참 많은 일을 했다. 학교를 졸업했고 취직해서 일을 했고 결혼을 했고 아이를 낳고 길렀다. 여러 번 이사를 했고 여행을 다녔고 다투고 화해했으며 참 많은 사람을 만났다. 시간은 쏜살같이 지나갔으되 30년 어치의 기억과 추억은 고스란히 남았다.

그런데 100살에 이르러 지난 40년을 돌이켜보았을 때 과연 나는 40년짜리 기억을 갖고 있을까? 밥 먹고 똥 싼 것밖에 기억이 안 난다면 어떡하지? 그것은 단순히 기억력의 문제가 아닐 것이다. 실제로 한 것이 별로 없어서 기억할 것도 없기 때문일 것이다.

나이가 들수록 하루가 짧아지고 시간이 빨리 가는 것처럼 느끼는 데에는 과학적 근거가 있다. 어릴 때는 학교에서도 별의별 일을 다 겪고 방과 후에 친구들과 어울려 놀고 호기심도 풍부해서 이것저것 간섭하느라 참 많은 것을 경험하게 된다. 그러니 하루를 돌아보면 기억나는 것도 많고 알차게 느껴진다. 나이가 들수록 일상이 단조로워지다가 직장 생활을 시작하면 다람쥐 쳇바퀴 돌듯 똑같은 일상이 반복된다. 특별히 떠올릴 것도 없고, 별로 기억하고 싶지 않은 일들도 많이 쌓인다. 잠자리에 누워서 하루를 돌아봐도(그럴 여유라도 있다면) 생각나는 게 그다지 없다. 하루가 짧아질 수밖에. 노년이 되어서 하루 종일 TV 앞에 멍하니 있다가 때에 맞추어 밥을 먹는 게 전부라면, 하루의 기억은 세 끼 식사로 압축되고 만다.

은퇴 이후에 대해 공부하고 사색하면서 경제적인 문제가 어느 정도 해결되어 있음을 확인한 뒤 찾아온 고민이 '무엇을 하면서 살지?' 였다. 글 쓰는 일을 병행해 온 덕분에 저작 활동을 계속할 수야 있겠지만, 1년 365일 주구장창 글만 쓰고 살 수는 없는 노릇이다. 글을 쓰고 책을 내는 일이 약소하나마 돈벌이가 되기는 하지만, 사실 그것은 생계 활동보다는 유희나 취미에 가깝다. 그 즐거움을 위해 하루 종일 방 안에 틀어박혀 컴퓨터 자판만 두드리는 남편을 어느 아내가 좋아할까? 나 자신도 그다지 달갑지 않은데 말이다.

노년의 삶에 대한 구체적인 이미지를 떠올리지 못하고 있던 중에 골프장에서 만난 김일권, 정순영 씨 부부는 '은퇴 생활=노년의 삶'이라는 생각이 엄청나게 잘못된 것임을 일러 주었다. 일 년에 한 달, 해묵은 일상에서 벗어나 오롯이 '나'만을 위해 살라고 말해 주었다. 현역 직장인으로서는 해내기 힘든 은퇴 이후의 길이 따로 있음을 가르쳐 주었다. 두 분이 참 행복해 보인다는 나의 말에 아내인 정순영 씨가 남편을 바라보며 했던 말……. "그러게요. 이 사람이 은퇴를 안 했

돈이 없어서 노년이 초라해지는 게 아니다.
여유로운 시간을 채울 내용이 없기 때문이다.
그래서 노년일수록 더욱 능동적으로
즐거움과 행복을 추구해야 한다.

으면 어쩔 뻔했어요?"

그녀의 그 말은 은퇴 이후의 삶에 대해 확신을 갖지 못하던 나에게 건넨 따뜻한 충고이자, 훗날 세상에 나올 이 책의 독자들을 위해 남긴 귀중한 조언이었다. 은퇴가 피할 수 없는 쇠락의 징조가 아니라 열심히 살아 온 우리 대부분의 삶에 주어지는 선물이라는…….

두 사람의 여행은 며칠 정도 여행사가 짜 놓은 스케줄에 맞추어 움직이며 관광지와 명소를 둘러보는 패키지여행과는 다른 것이었다. 언제든 삭제될 수 있는 휴대폰 속의 사진이 아니라 두 사람이 공유하는 진한 추억으로 남는 여행이니까. 두고두고 두 사람이 함께 나눌 이야깃거리가 될 테니까.

이런 생각이 들었다. 단 하루만이라도 충만하게 살 수 있다면, 그 사람의 나머지 364일이 어찌 헛될 수 있겠는가. 하물며 일 년에 한 달을 행복하게 지내려는 사람의 나머지 11개월이 어찌 불행할 수 있겠는가…….

그런데 김 씨 부부만 그렇게 살고 있는 것이 아니었다. 노년을 활기차고 특별하게 보내는 은퇴 생활자들이 의외로 많았다. 그들은 젊은이 못지않게 역동적이고 능동적이었다. 이들을 이르는 신조어까지 있었다. 액티브 시니어Active Senior!

이로써 은퇴 이후에 대한 나의 공부는 새로운 단계로 접어들었다.

액티브 시니어들의 삶 속으로 걸음을 내딛게 되었다. 그날 집으로 향하던 그 순간만큼은 정말로 은퇴 이후가 기다려졌다. 앞으로 펼쳐질 새로운 삶이 설레었다.

Part. 2
············

삶을 생각하는
새로운 패러다임

가족의 표정을 밝게 만드는 것이 가장 중요하다는 걸
이제야 깨달았다냥~.

경제가 아니라
행복의 관점으로 노년을 바라보다

직장 후배와 술자리를 가졌다. 후배는 40대 초반이고 회사에서도 능력을 인정받는 인재다. 이런저런 이야기를 나누던 중에 은퇴 이후가 화제에 올랐다.

"5년 정도 직장 생활을 더 하다가 선거에 나가 볼까요?"

농담처럼 지나가듯 던진 말이었지만, 농담으로만 다가오지는 않았다. 후배는 평소에도 정치에 관심이 높았고, 워낙 마당발인 데다 붙임성도 좋아서 정관계에 인맥이 넓은 편이다.

"정치를 하고 싶어?"

내 물음에 후배는 웃음을 지으면서 "그냥 하는 소리예요."라고 답했다. 그리고 이렇게 덧붙였다.

"은퇴하면 할 일이 없어지니까 미리 정치판에 기웃거려 볼까 무심코 생각해 본 거예요."

새로운 산업이 속속 등장하고 있다. 그러다 보니 한때 미래가 창창해 보이던 업종이 사양 산업으로 전락하기도 한다. 내가 속해 있는 업계도 비슷한 처지에 있다. 구성원들은 자기 직업에 자부심이 높을지 모르지만 업계는 사양길을 걷고 있어서 다들 고민이 많다. 경제 발전에 복지를 희생했던 우리 부모님 세대처럼 사회의 급격한 변화에 부단히 쫓아가지 않으면 도태되고 마는 지금의 4050 세대 역시 불우하기는 마찬가지다. 40대 초반의 직장인이 벌써부터 '다음'을 걱정해야 한다는 사실은 불행이 아닐 수 없다.

"왜 잘릴까 봐 걱정돼?"

"아뇨. 그건 아니지만 어쨌든 은퇴하고 나서도 뭔가를 해야 하니까요."

한 다리 건너 아는 선배가 있다. 나보다 여덟 살이 많다. 언론사에서 근무하다가 50세를 조금 넘겨서 대기업으로 자리를 옮겼다. 부사장에 준하는 대우를 받았다고 들었다. 다만 회사의 임원직이 대부분 그렇듯 고용이 안정적이지는 않다. 그래서 임원을 두고 '임시직원'의 준말이라고 하지 않는가.

그 선배는 부모로부터 물려받은 재산이 꽤 있어서 경제적으로 넉넉한 편이다. 자식들도 다 커서 앞으로 목돈 들어갈 일도 크게 없다. 자식들이 결혼을 앞두고는 있지만, 결혼 자금도 충분히 대 줄 수 있을 만큼 풍족하다. 노후를 걱정할 필요가 없다.

그런데 올해 초 대기업의 임원직 계약 기간이 끝난 뒤에 그 선배가 다른 일자리를 알아보고 있다는 이야기가 들려왔다. 나이를 따져 보니 쉰아홉이다. 법적으로 보장된 정년퇴직을 일 년 앞두고 있다. 그 일 년이 아쉬웠던 걸까. 그 정도 재산이면 이제 그만 쉬어도 될 텐데, 라는 생각이 들었다. 그 나이에 무슨 대접을 받겠다고 또 다시 일자리를 알아보는 걸까?

돈 때문만은 아닌 듯했다. 스스로 아직은 일을 그만둘 때가 아니라고 생각하는 것 같았다. 그 선배뿐만이 아니다. 은퇴를 앞둔 많은 가장들이 은퇴 이후의 일자리를 찾고 있다. 40대 초반인 직장 후배가 그랬듯이, 대부분의 직장인이 은퇴 이후에도 일을 해야 한다고 생각한다. 노후를 제대로 준비하지 못해서 생계가 어려운 분들이야 어쩔 수 없다지만, 그렇지 않은 이들까지도 은퇴 이후의 일자리에 목을 맨다. 왜 그럴까?

첫 번째 이유는 경제적 불안감 때문이다. 지금 현재 경제적으로 여유가 있다고 해도 은퇴 이후에는 소득이 제로 수준으로 떨어지기 때문에(대부분의 사람이 은퇴 이후의 연금 수입에 대해서는 크게 생각하지 않는

다) 보유하고 있는 재산이 점점 깎여 나갈 것을 걱정한다. 독자들께서도 아시다시피 나 역시 똑같은 불안으로 밤잠을 설쳤다. 나중에야 넉넉하지는 않더라도 소박하게나마 노후 생활을 해 나갈 수 있는 은퇴 자금이 연금으로 마련되어 있다는 사실을 알고는 적잖이 안도했다.

하지만 많은 분들이 연금이 나온다는 사실을 알고도 만족할 줄 모른다. 왜냐하면 은퇴 시점에 내가 가진 재산이 100이라면, 노후 생활을 해 나가는 동안에도 여전히 재산을 100으로 유지해야 한다고 생각하기 때문이다(어떤 분들은 재산을 100 이상으로 늘려야 한다고 생각하기도 한다). 지속적으로 재산을 100으로 유지할 수 있는 방법은 현역 수준으로 소득을 유지하는 것밖에 없다. 그래서 은퇴할 나이에 제2의 직장을 찾는 것이다.

하지만 지금 내가 가진 재산을 늙어 죽을 때까지도 유지하겠다는 마음은 탐욕에 다름 아니다. 한편으로는 물질에 나의 모든 것을 걸어 버리는 어리석음이자 돈만 넉넉하면 행복할 수 있다는 착각일 뿐이다. 우리는 너무나 오랫동안 돈에 많은 것을 의지해 왔기에 이러한 마음을 버리기가 쉽지 않다. 여기에 대해서는 뒤에서 다시 생각해 보겠다.

두 번째는 현역으로 있는 동안에 누렸던 사회적 지위를 놓치고 싶지 않기 때문이다. 여러 사람의 부러움을 사는 직장에 다닌 사람일수록 이런 성향이 강하다. 이런 분들은 은퇴 이후에도 현업에 있을 때와 마찬가지로 사람들과 교류하면서 활기차게 살기를 원한다. 이들은 은퇴 그 자체를 심리적으로 인정하고 싶어 하지 않는다. 그러니 자신의 능력을 발휘할 일자리를 끊임없이 필요로 하는 것이다.

세 번째가 가장 중요한데, 일 말고는 할 줄 아는 게 없기 때문에 계속 일에 매달리는 것이다. 젊은 날부터 은퇴할 때까지 정말 열심히 달려 왔다. 늘 회사를 걱정했다. 회사가 잘되어야 내가 잘된다고 믿었기에 청춘을 바쳤다. 그런데 회사를 떠나야 할 때가 다가왔다. 열정을 바치고 삶의 많은 부분을 기대어 온 의지처가 사라져 버렸다. 실제로 퇴직 후에 우울증을 겪는 분들이 많다고 한다. 자신의 쓸모가 다해서 할 일이 없어졌다고 여기기 때문이다.

은퇴한 뒤에도 계속 일하는 사람을 두고 축복받은 인생이라고 한다. 나 역시 이에 전적으로 동의한다. 은퇴 이후에 짧게는 20년, 길게는 30~40년을 더 살아야 한다. 경제적으로 넉넉하다고 해도 할 일이 전혀 없다면 지루한 나날이 이어질 수밖에 없다. 지루하고 의미 없는 은퇴 생활은 그저 '죽음 직전의 단계'에 불과하다. 반대로 경제적으로 다소 궁핍하더라도 할 일이 있다면 '살아볼 만 한 제2의 인생'이 될 수 있다.

가급적 은퇴 이후에도 일을 하는 것이 옳다. 일을 하지 않을 때보다 일을 할 때 얻는 이익이 훨씬 크기 때문이다. 나 또한 은퇴 후에 할 일이 생긴다면, 나를 필요로 하는 곳이 있다면 절대 마다하지 않을 것이다.

다만 앞에서 예를 든 선배나 후배와는 생각이 다르다. 어떻게든 돈을 벌어 보겠다는 목적으로 일을 하지는 않을 것이다. 또한 일을 하지 않으면 허전할 것 같아서 일자리를 찾을 마음도 없다. 내 삶의 질을 높이고 윤택하게 해 줄 일을 할 것이다. 그 일이 직업이 될 수도 있고 자원 봉사가 될 수도 있다. 지금처럼 글쓰기를 할 수도 있다. 거리 청소와 같은 단순 작업이라도 상관없다. 아이들에게 책을 읽어 주는 일이라면 더 좋을 것 같다. 일을 위한 일이 아니라, 그 일을 통해 기쁨과 보람을 얻을 수 있다면 그것으로 만족한다. 만약 그 일을 해서 단돈 얼마라도 부수입이 생긴다면 그것은 덤이다.

내가 마흔아홉에 은퇴 이후를 생각하며 밤잠을 설쳤던 이유는 '돈' 때문이었다. 지금껏 삶의 모든 것을 경제적 관점에서 바라보았기에 그럴 수밖에 없었다. 돈을 벌어야 하는 의무와 책임이 있었기에 그런 마음이 강했다. 하지만 노년은 다르다. 경제적 의무와 책임을 벗고 보다 적극적으로 행복을 추구해야 한다. 삶을 바라보는 시각과 관점을 교정해야 한다. 재산을 유지하거나 불리기 위해, 예전에 누렸던 사회적 지위를 놓치지 않기 위해, 그동안 일만 해 왔기에 앞으로도 일을 하겠다는 생각을 버리고, 노년의 삶을 활기차고 의미 있게 만들어 주는 일들을 찾아야 한다. 행복의 관점으로 삶을 바라보아야 한다. 한 번뿐인 삶이다.

내 사전에
무기력한 은퇴 생활은 없다

황정택(가명) 씨는 2019년 현재 82세다. 우리나라에 출판업이 활성화되기 시작하던 1960년대 초반부터 1세대 출판 영업자로 일하다가 1999년 62세의 나이로 현역에서 물러났다.

출판업계는 소규모 영세업체가 대부분이어서 지금도 정년퇴직의 기준이 명확하지 않다. 시스템이 제대로 갖추어지지 않아서 일정한 나이가 되면 퇴직을 해야 한다는 사규를 갖춘 회사도 많지 않다. 62세이던 1999년 당시만 해도 황정택 씨는 자신이 앞으로도 몇 년은 더 일할 수 있을 것이라고 생각했다. 하지만 인터넷이 발달하면서 영업 환경이 급격히 변화하고 있었고, 서점의 인맥을 활용한 마케팅이나 수금 능력만으로는 자리를 지키기가 힘들어졌다. 새로 사장으로 선임

된 창업자의 아들은 사직을 권고했고, 은퇴할 나이에 이르렀던 그로 서는 버틸 수가 없었다. 다른 출판사에 자리를 알아보았지만 60대를 넘긴 그에게 손을 내미는 회사는 없었다.

그동안 아끼고 산 덕분에 집 한 채는 마련했지만, 미처 은퇴 이후를 준비하지 못했기에 살 길이 막막했다. 회사에서 쥐어 준 3,000만 원 의 퇴직금, 약간의 적금과 연금이 노후 자금의 전부였다. 장성한 자식 들이 보태 주는 생활비는 용돈 수준에 불과했다.

무엇보다도 황정택 씨를 괴롭혔던 것은 이제는 쓸모없는 존재가 되 어 버렸다는 자괴감이었다. 원래 내성적인 편이었던 그는 더욱 말수 가 없어졌고, 우울증에 시달리기 시작했다. 일을 그만두면 원 없이 책 이나 읽으면서 여생을 보내야겠다고 생각해 왔지만, 서재를 가득 채 운 책에는 눈길도 가지 않았다. 그렇게 무기력하게 4년을 보냈다. 이 게 은퇴한 사람의 삶이구나 생각하니 더욱 서글펐다.

동사무소에서 운영하는 문화 교실에서 황정택 씨가 오카리나^{이탈리아} ^{의 전통 관악기}를 배우기 시작한 것이 2003년이었다. 악기가 작아서 휴대하 기 편하고 노인들도 쉽게 익힐 수 있을 것 같아서 용기를 내어 신청 했다. 수강생은 대부분이 황정택 씨와 같은 은퇴자와 나이 많은 부 녀자였다.

오래지 않아 황정택 씨는 오카리나에 깊이 빠져들었다. 열정 덕분이었는지 다른 수강생들에 비해 습득 속도가 월등히 빨랐다. 6개월 과정의 문화 교실 강좌를 마친 뒤에는 더욱 수준 높은 가르침을 받기 위해 유료 프로그램으로 자리를 옮겼다. 악보 보는 능력이 생기고 연주 실력이 늘어나면서 악기에 대한 욕심도 커졌다. 오카리나는 크기가 작기 때문에 표현할 수 있는 음역대가 한정되어 있다. 그래서 각 음역대를 소화하는 여러 개의 악기가 있어야 제대로 된 연주를 할 수 있다. 재료(원래 오카리나는 흙을 빚어 도자기를 굽듯 만들지만, 금속이나 플라스틱으로 된 것도 있다)와 품질에 따라 가격도 천차만별이다. 일정한 수준에 오른 뒤 황정택 씨는 제법 고가의 오카리나를 구입했다. 그의 말로는 당시 그 오카리나를 구입한 것이 살아온 동안 자신을 위해 했던 최고의 사치라고 했다.

부인과 자식들은 황정택 씨를 탐탁지 않게 여겼다. 다 늙어서 늦바람이 들어 채신머리없이 군다는 것이 이유였다. 좋은 스승을 찾아 먼 곳까지 찾아가는 그를 보며 자식들은 "좀 다른 분들처럼 점잖게 계시면 안 되겠어요?"라고 대놓고 타박을 했다. 물론 나이 든 아버지가 혼자서 먼 길을 다니다가 탈이라도 생길까 하는 걱정이겠지만, 한편으로는 늘그막에 괜한 데 사로잡혀 지내는 모습이 보기 싫어서이기도 했을 것이다. 게다가 악기를 구입하는 데 적지 않은 돈을 쓰는 것에 대해서도 부인과 자식들은 불만이었다(장인이 만든 것은 꽤 비싸지만 황

노년이 되었다고 해서
살아가는 일을 멈추어서는 안 된다.
직장과 일에 얽매여 수동적으로 살아야 했던 시간을 지났으니
이제 보다 적극적으로 하루하루를 만들어 가야 한다.

정택 씨가 가진 최고가의 오카리나는 17만 원이다).

황정택 씨는 아랑곳하지 않았다. 살아오면서 처음으로 하고 싶은 일을 하면서 살고 있다는 만족감이 컸다. 오카리나를 시작한 지 5년이 되었을 때부터는 부인에게 가르치기 시작했다. 부부가 무엇을 함께해 보는 것이 거의 처음이어서 대단히 어색했다. 그리고 많은 분들이 공감할 것 같은데, 가족끼리 무엇을 가르치고 배우다 보면 말다툼이 일어나기 일쑤다. 하지만 황정택 씨는 자신이 누리는 즐거움을 아내와 나누고 싶어서 참을성 있게 가르쳐 주었다. 처음엔 귀찮아하고 불편해하던 아내도 차츰 연주 실력이 붙자 즐겁게 함께하게 되었다.

6년 전이던 2013년부터 황정택 씨는 오카리나 강사로 활동하고 있다. 치매 노인들을 위한 '힐링 음악 교실'에 봉사를 나갔다가 구청 관계자의 권유로 문화센터에서 오카리나를 가르치기 시작했다. 이후로 아이들의 방과 후 수업과 마포구의 노인대학, 종교 단체의 동아리 클럽, 거주하는 동네의 주민 동아리 등에 강사로 초빙되어 오카리나 교실을 이끌고 있다. 일주일에 화요일과 목요일 이틀 동안 8시간을 가르치는데, 강사료로 모두 합쳐서 100만 원 정도를 받고 있다. 82세의 노인이 일주일에 8시간 일하면서 올리는 수입치고는 꽤 괜찮은 편이다. 처음에는 강의를 준비하고 악보를 만드는 일에 시간이 많이 소요되었지만, 이제는 연륜과 노하우가 쌓여서 일이 편안해졌다. 오카리나 강사를 시작한 뒤로는 자식들한테도 일절 손을 내밀지 않았다.

황정택 씨는 강사료로 수입을 올리는 것은 부차적인 문제라고 말했다. 만약 자신이 그때 오카리나를 배우지 않았다면 지금쯤 어떻게 되었을지 장담할 수 없다고 했다. 실제로 내가 만난 황정택 씨는 80대 노인답지 않게 걸음걸이가 경쾌하고 정신도 굉장히 또렷했다. 그게 다 오카리나 덕분이란다. 사람들을 가르치기 시작하면서 교재도 직접 만들었고, 지금은 컴퓨터로 악보도 직접 편집한다고 한다. 사람들과 교류하는 폭이 넓어지고 다양한 연령대의 사람들을 만나게 되었다. 게다가 아내와 함께 연주를 하고 봉사도 다닌 덕분에 그 어느 때보다 부부 관계가 좋아졌다고 한다. 젊은 날에도 느끼지 못했던 배우자의 소중함을 지금에야 깨닫고 있다고 말했다.

자식들과는 어떨까?

"아직도 내가 오카리나를 연주하고 사람들을 가르치는 걸 그다지 좋아하지 않습니다."

나는 이해가 되지 않았다. 80대 아버지가 이처럼 활동적으로 노년을 보내고 있는데, 어머니와도 그 어느 때보다 가깝게 지내는데, 왜 자식들은 여전히 불만일까?

"오카리나에 미쳐서 지내니까……."

황정택 씨로부터는 정확한 이유를 들을 수 없었다. 내가 모르는 가족사가 있는지도 모른다. 그게 아니라면, 노인은 '노인답게' 살아야 한다는 고정관념이 자식들 머릿속에 뿌리 박혀 있는 건 아닐까?

짐작하건대, 황정택 씨의 자제들은 젊게는 40대 중반에서 많게는 50대 중반일 것이다. 그러니까 내가 생각하는 이 책의 주 독자층인 4050 세대다. 이 세대에는 다양한 층위의 사람들이 섞여 있다. 정치적인 성향의 대립이 강하고, 학력과 생활수준이 각양각색이며, 문화를 향유하는 방식도 제각각이다. 진보적인 성향이 강한 사람이 있는가 하면, 나이에 맞지 않게 보수적이고 가부장적인 사고를 가진 사람도 많다. 황정택 씨의 자식들은 후자가 아닐까 싶다. 그게 잘못은 아니지만, 노인과 노년 세대를 틀에 박힌 낡은 관점으로 바라보는 것은 옳지 않다. 자라나는 아이들의 꿈과 장단점은 무시한 채 자신이 원하는 대로 아이들의 미래를 만들려는 부모들처럼 이들은 자신들의 나이든 부모에 대해서도 자신이 고집하는 모습대로 살아 주기를 바란다.

노년의 삶이 무기력하고 우울할 것이라는, 그렇게 사는 것이 노년의 모습이라는 생각은 대단히 잘못된 것이다. 하루 종일 마을 회관이나 방에 틀어박혀 지내다가 끼니때만 모습을 보이고 가끔 산보나 즐기던 어린 시절 기억 속 할아버지와 할머니의 삶이 우리의 삶이어야 할 이유는 없다. 세상은 바뀌었고 노인이 즐기고 누릴 수 있는 것들이 상당히 많아졌다. 자아실현을 할 수 있는 여건도 어느 정도 갖추어져 있다. 황정택 씨처럼 은퇴 이후에야 찾아낸 열정의 대상을 바탕으로 수입까지 올리는 경우도 있다. 황정택 씨는 원래 건강 체질이 아니란다. 하지만 꾸준히 오카리나를 연주하고 활동적으로 지낸 덕분에 육체의 시계 바늘을 늦출 수 있었다고 말했다.

경제적으로 풍족해도 마음이 늙었다면, 노인은 으레 이래야 한다는 고정관념에 사로잡혀 있다면 무기력하고 우울한 노년을 보낼 수밖에 없다. 마음만 고쳐먹는다면 얼마든지 활기차게 노년의 삶을 즐길 수 있다. 은퇴란 폐기 처분되는 수순이 아니라, 삶의 어떤 단계를 마무리하고 다음 단계로 넘어가는 문이다. 지금껏 무거운 책임감 속에서 자신을 희생하며 성실하게 살아온 이들에게 주어지는 선물이다. 열심히 살아온 당신은 그 선물을 누릴 자격이 있다.

그 누구보다
가족에게 가장 좋은 사람이 되어라

아는 이 중에 한 정당의 행정직에서 오랫동안 일해 온 사람이 있다. 정치 집단의 직원은 비교적 물갈이가 빈번한 편인데도 서른 중반 무렵부터 쉰 중반에 이르는 20년 동안 자리를 지켰다. 그만큼 성실했고, 아슬아슬한 줄타기가 난무하는 정치판에서 중심을 지켰다는 뜻이다. 수많은 국회의원이 당락에 따라 정당을 떠나고 돌아오는 동안에도 그만은 한 자리에 머물러 있었다. 당의 '터줏대감'으로 행세할 법한데, 그는 묵묵히 자신의 소임을 다할 뿐이다. 자리에 연연하지도 않았다. 그런 미덕이 장수의 비결이었다.

사실 그에게도 정치인의 꿈이 있었다. 젊은 시절에 한 국회의원의 보좌관으로 정치에 입문했다. 하지만 공천 후보에 오르는 것조차 그에게는 버거운 일이었다. 인맥과 연줄이 약했고 야망도 부족할뿐더러 성격과 처신이 너무 깔끔했다. 정치판의 이전투구에 제대로 뛰어들지 못했다. 그러던 중에 당내 보직에 공백이 생겨 잠깐만 맡겠다고 했던 행정직에 눌러앉았다.

정당의 사무원으로 일하면서도 계속 기회를 엿보았다. 하지만 사무원으로 열심히 일할수록 정치인의 꿈은 멀어져 갔다. 그렇게 10년을 넘긴 뒤 화병이 생겼다. 실제로 몸에 이상이 생길 정도였다. 그때부터 그는 정치인의 꿈을 버렸다. 마음속에 못다 이룬 꿈을 향한 아쉬움이 휘몰아칠 때면 물가를 찾았다. 흘러가는 물결을 바라보며 시름을 놓았다. 수석*石을 수집하는 취미는 그렇게 시작되었다. 벌써 10년째다. 그는 주말이면 어김없이 강과 바다로 향한다.

얼마 전에 그의 집에 간 적이 있다. 거실과 베란다가 그동안 수집한 수석으로 가득 차 있었다. 그뿐만이 아니었다. 따로 작업장을 마련해 두었는데, 그곳에도 수석이 빼곡했다. 수석 받침대는 직접 만든다고 했다. 10년 사이에 전문가의 경지에 오른 것이다. 수석 박물관을 열어도 손색이 없겠다 싶었다. 서울에 살다가 경기도의 한적한 지역으로 집을 옮긴 것도 그 때문이었다. 수석이 점점 쌓여서 공간이 부족했고, 수석 받침대를 만들 작업장도 필요했다.

부부와 함께 거실에서 차를 마시는 동안에도 그는 수석 자랑을 멈추지 않았다. 원래 말이 많은 사람이 아닌데, 수석에 관해서는 달랐다. 전국 방방곡곡으로 수석을 찾아다닌 덕분에 대한민국이 손바닥 보듯 훤하다고 했다. 한창 대화가 무르익던 중에 내가 불쑥 물었다.

"형님, 수석 찾으러 갈 때는 형수님도 같이 가세요?"

입이 방정이다. 순간, 분위기가 완전히 얼어붙었다. 그가 수석 자랑을 늘어놓는 동안 내내 표정이 굳어 있던 부인이 자리를 박차고 일어나더니 안방으로 쏙 들어가 버렸다. 그는 그 모습을 보고는 허허허, 사람 좋은 웃음을 지었다.

내가 아는 한 그는 술을 즐기지 않는다. 사람들과 어울리는 것 자체를 그다지 좋아하지 않는다. 자기 일에 성실하고, 다른 사람에게 책잡힐 행동을 하는 것도 본 적이 없다. 그동안 나는 그에 대해서 무척 좋은 인상을 가지고 있었다. 나뿐만 아니라 그를 아는 대부분의 사람이 그를 좋은 사람으로 기억한다. '법 없이도 살 사람'으로.

하지만 그의 아내와 자식들에게는 좋은 사람이 아니었다. 아니, 그는 여전히 좋은 사람이지만, 좋은 남편이나 좋은 아버지는 아니었다. 그가 마음의 시름을 놓기 위해 물가를 찾아다니는 동안 그의 아내는 외로움 속에 방치되었다. 아내로서는 더욱 답답한 노릇이, 그가 수석 취미 말고는 별다르게 잘못하는 일이 없다는 점이다. 한 직장에 꾸준히 다니면서 가족을 부양하고 있다. 술에 취해서 분란을 일으키는 일도 없다. 따로 돈을 꿍치는 짓도 하지 않는다(물론 이건 나의 추측이다. 그의 성정으로 보아 스스로 부끄럽다고 여기는 일은 하지 않을 것 같다). 아내로서는 딱 한 가지 아쉬운 점이 한 달에 두 번 주말에 수석을 수집하러 집을 비우고, 나머지 주말에는 작업장에 처박혀 수석 받침대를 만드는 것인데, 그걸 대놓고 타박할 수는 없었을 것이다. 왜? 그는 '법 없이도 살 사람'이니까.

주제 넘는 짓 같아 참았지만, 이렇게 말하고 싶었다. "형님, 앞으로는 수석 찾으러 갈 때 형수님도 모시고 가세요." 나중에 이 글이 책으로 묶여 나오면 그때 전해 줄 생각이다. 그가 좀 느끼는 것이 있기를 바란다.

중년 남성에게 취미가 있다는 건 좋은 일이다. 특히나 강압적인 조직에서 강도 높은 업무를 수행하는 직장인일수록 취미 생활을 하면서 정신 건강을 유지하는 것이 대단히 중요하다. 동료 직장인들 중에도 주말마다 산행을 하고 낚시를 떠나는 이가 많다. 꽤 오랫동안 꾸준히 해 왔기에 다들 전문가 수준에 이르렀다.

그런데 문제가 있다. 취미 활동을 혼자만 한다는 점이다. 주말이나 공휴일 아침이면 휭하니 집을 나서서 저녁 무렵에나 들어온다. 어떨 때는 며칠 집을 비우기도 한다. 가족, 특히 아내로서는 서운할 수밖에 없다. 처음에는 타박도 했을 것이다. 주말만이라도 가족이 오붓하게 지낼 수 없느냐고. 그러면 남편들은 이렇게 대꾸한다. "일주일 내내 회사에서 시달리다가 주말에 머리 좀 식히겠다는데, 그것도 안 돼?" 남편들은 남편들대로 가족이 자신을 이해해 주지 않는다고 서운해 한다. 골이 점점 깊어지다가 시간이 흐르면 그게 일상으로 굳어 버린다. 말해 봤자 싸움밖에 안 나니까. 자녀와 아버지의 관계가 소원해지고, 아내와 남편 간에도 서먹서먹해진다. 집안의 가장이건만 점점 겉돌게 된다. 어느 날 가장의 입에서 이런 넋두리가 흘러나온다. "내가 무슨 돈 버는 기계도 아니고……."

아이들이 어릴 때 나도 주말에 집을 비울 때가 많았다. 주 5일제 근무가 자리 잡기 전이어서 업무 때문에 출근해야 할 때도 있었고, 한창 사회관계가 넓어지던 무렵이라 주말 술자리도 많았다. 그러다 골프를 배우고 난 뒤에는 주말 골프 모임에도 얼굴을 내밀었다. 아내를 사랑했고 어린 아들들도 사랑스러웠지만, '나만의 시간'을 갖고 싶다는 욕구도 강했다. 이런저런 핑계로 주말에 자주 집을 비웠고, 어느 순간 돌아보니 집안의 '따'가 되어 있었다.

주말 취미를 혼자서만 즐기는 가장들은 이렇게 항변한다. "내가 딴 살림을 차리는 것도 아니고 도박이나 유흥으로 가산을 탕진하는 것도 아닌데, 그 정도 취미 생활도 못해?" 우리들 가장 대부분이 회사의 상사나 부하가 아니고 누군가의 아버지나 남편도 아닌 오롯한 '나'를 꿈꾼다. 모든 짐을 훌훌 벗어 버리고 시원始原의 나로 돌아가고 싶을 때가 있다. 그건 아내들도 마찬가지다.

우리나라 남자들은 감정에 솔직하지 못하다. 자신의 감정을 구체적으로 표현하는 데에도 대단히 무능하다. 마음속에 웅크리고 있는 감정과 욕구의 정체를 제대로 파악해 보지도 않은 채 어떤 '역할'로부터 자신을 물리적으로 떨어뜨려 놓음으로써 그 정체불명의 감정과 욕구를 해소하고 있다고 착각한다.

하지만 정말 해소가 되던가? 욕구가 충족되던가? 해소되었고 충족되었다고 믿고 싶은 것뿐이다. 그러한 착각의 시효는 오래가지 않는다. 그래서 그다음 주말이 다시 기다려진다. 그 어느 것도 충족되지 않았기에 다시금 그 시간 속으로 자신을 밀어 넣는다. 집을 비운다. 그렇게 가족과의 관계가 점점 틀어진다.

아내가 바라는 것은 '완전성'이다. 늘 이가 하나 빠져 있는 가족의 모습을 보면서 아내는 허기와 갈증을 느낀다. 자녀와 잘 어울리는 아버지, 부부에 충실한 남편을 보면서 아내는 안도한다. 삶이 꽉 채워지는 충만함을 느낀다. 그리고 자신의 존재를 스스로 확인받는다. 지금 잘살고 있다고, 미소 지을 수 있다.

여자의 삶이 가족과 남편에 예속되어 있다는 말이 아니다. 우리 모두는 개별적인 존재로 가치를 지닌다. 다만 '가족'과 '부부'라는 이름

가족과 화목하지 못하면서
행복한 사람은 없다.

가족 간의 사랑은
내가 제대로 가고 있다는
가장 중요한 이정표다.

으로 확장된 자아는 가정이라는 울타리가 건재해야만 안심할 수 있고 안정될 수 있다. 남편 역시 아내와 다르지 않다. 가정 안에서 제자리를 찾지 못하고 겉돌면서 마음의 안정을 얻기란 불가능하다. 앞서 사례로 든 수석 수집가를 떠올려 보라. 그는 분명 좋은 사람이지만, 행복한 사람은 아니다.

가끔은 자유롭고 싶다고, 오롯이 '나'로서만 시간을 보내고 싶다고 아내에게 말해 보라. 남편의 그런 감정을 존중하지 않을 아내는 많지 않다. 한 순간 아내가 서운할 수는 있다. 자신의 그러한 마음을 제대로 전달하지 못해 진땀을 흘릴 수도 있다. 하지만 차근차근 자신의 마음을 들여다보면서 자기 자신과 대화하듯 아내와 이야기해 보라. 그렇게 '자기만의 시간'을 얻으라. 이기적인 취미 생활을 하는 동안 가졌던 불안들, 예를 들면 집에서 자신을 원망하고 있을 아내의 표정이나 집에 돌아갔을 때의 냉랭한 분위기 등에 구애받지 않고 온전히 자유로울 수 있다. 그래야만 참으로 해소되고 충족된다. 그리고 나면 아버지로서도, 남편으로서도 한층 편안해질 것이다.

노년을 행복하게 지내기 위해서는 가족과의 관계, 특히 아내와의 관계가 중요하다. '하숙생'과 '밥해 주는 아줌마'로 굳어진 부부가 하루 종일 집에서 같이 있는 모습을 상상해 보라. 하루하루가 지옥을 방불케 할 것 같다. 행복한 노년을 위해서라도 아내와의 관계를 회복해야 한다. 버럭 화를 내는 것이 용기가 아니다. 다소 소원해진 아내와 조금이라도 친밀해지기 위해 노력하고 다가가는 것, 그것이 남편의 진짜 용기다.

또 다른 삶에 도전하다…
현철 씨의 노년 연습

현철(가명) 씨는 2019년 9월 정년퇴직을 앞두고 있다. 시립 병원과 국립 대학 병원 방사선과에서 30년 넘게 일하는 동안 노동조합 일에도 깊이 관여해 왔다. 자신의 직무에 충실했고 병원 노동자의 근로 환경을 개선하기 위한 운동에도 열정을 바쳤다.

후회 없는 현역 생활이었다. 그동안 서울 끄트머리 동네에 아파트 한 채를 마련했고, 두 딸도 결혼시켰다. 저축해 놓은 돈은 많지 않지만 퇴직 연금과 국민연금, 개인연금 등을 합하면 노후 생활도 염려가 없다.

그렇다고 걱정이 전혀 없는 것은 아니다. 현철 씨의 유일한 걱정은 아내와의 관계다. 성실한 가장이자 책임감 있는 아버지로 살아 왔지만, 딱 한 가지 못한 것이 남편 노릇이었다. 사람 좋아하고 술을 좋아해서 퇴근 후의 술자리가 잦았다. 노동 운동을 하며 노동 쟁의 현장에 가느라 집을 비운 적도 많았다. 노조 활동에 거리를 둔 이후부터는 낚시를 다녔다.

아내인 금훈(가명) 씨와는 스무 살에 만나 연애를 하다가 결혼에 골인했다. 동갑이어서 친구 같은 연인으로 지내다가 부부가 되었다. 결혼 초기에는 금실이 좋았다. 두 사람 사이에 균열이 생긴 건 현철 씨가 노동 운동에 뛰어들면서부터였다. 퇴근 이후와 휴일에 노조 사무실과 노동자 단체로 향했다. 술이 늘었고 귀가가 늦어졌다. 지방의 쟁의 현장에 가면 며칠씩 집을 비웠다.

금훈 씨는 남편의 신념을 존중했다. 그렇다고 해서 서운함과 외로움을 느끼지 않은 것은 아니었다. 딸 둘을 키우는 동안 속앓이가 심했다. 그래도 집에 있는 동안 현철 씨는 참 자상한 아버지였다. 딱히 남편을 탓할 수 없는 상황 속에서 금훈 씨는 자신의 삶을 계획하기 시작했다. 딸들이 제 앞가림을 할 나이가 되었을 때 그녀는 종교 단체가 주관하는 생명 운동에 본격적으로 뛰어들었다(두 사람 다 가톨릭 신자다). 원래 성격이 쾌활하고 달변인 금훈 씨는 생명 운동의 교육 강사로 발군의 기량을 발휘했고, 여기저기 찾는 곳이 많아졌다.

상황이 역전되었다. 오십대 초반을 넘어서면서 현철 씨가 서서히 노조 활동에 거리를 두기 시작한 것과는 반대로 금훈 씨의 사회 활동이 활발해졌다. 퇴근 후에 일찍 귀가한 날이나 휴일이면 이제는 현철 씨가 기다리는 쪽이 되었다. 성장한 딸들도 나름대로 자기 생활이 있어서 현철 씨 혼자 있는 날이 많아졌다. 그렇다고 아내의 사회 활동을 만류할 수는 없었다. 늦깎이가 더 무섭다고, 금훈 씨는 생명 운동에 한창 물이 올라 있었다. 봉사를 하면서 보람을 느끼고 삶의 만족도 역시 크게 높아진 듯했다. 현철 씨가 낚시꾼 친구를 따라다니기 시작한 것이 그 무렵부터였다.

그렇게 두 사람은 꽤 오랫동안 평행선을 달렸다. 그렇다고 해서 두 사람의 사이가 나쁜 것은 아니었다. 오랜 시간 '직장과 낚시+술', '생명 교육 강사'라는 각자의 견고한 영역에서 자기의 길을 걸었고, 그것을 서로 인정했다. 현철 씨는 주말 낚시를 가면서도 아내의 눈치를 볼 필요가 없었다. 금훈 씨도 주말에 집을 비우는 남편을 크게 탓하지 않았다. 자신도 바깥 활동을 하니까. 딸들도 엇나가지 않았다. 참 노멀한 가정이었다.

문제는 딸 둘을 시집보내고 난 뒤에 시작되었다. 현철 씨의 사회관계는 점점 줄어들었다. 집에 일찍 와도 사람이 없었다. 뒤늦게 가정적인 남편이 되겠다고 마음먹고 술자리를 자제했는데, 혼밥 하면서 TV 보는 것 외에 할 일이 없었다. 성당 친구와 지인들을 불러내 저녁 술자리를 갖는 것도 한계가 있었다. 무엇보다도 큰 걱정은 아내가 너무 잘나간다는 것이었다.

정년퇴직을 일 년 앞두고 덜컥 겁이 났다. 은퇴 후에, 두 딸이 사라진 집에서 '운동가 아내'와 '낚시꾼 남편' 단둘이 생활하는 그림이 너무 어색했다.

금훈 씨는 평일에도 바쁘게 지낸다, 현철 씨는 아내가 마련해 놓은 음식을 냉장고에서 꺼내 데워 먹는다, 하루 종일 TV를 켜 놓고 화면과 소리로 적적함을 달랜다, 그러다가 동네 산보를 나가고, 어쩌다 노년의 동료를 만나 정치 이야기를 하면서 거나하게 취한다, 늦은 밤에 비틀거리면서 귀가해 아내의 잔소리를 듣는다, 아침에 무기력하게 일어난다, 그 다음 날도 별로 달라질 것이 없다……

2018년 9월에 정년퇴직 예정자를 위한 1개월짜리 휴가가 주어졌다. 현철 씨는 이때 크게 마음을 먹었다. 아내랑 황혼의 허니문을 떠나자!

퇴짜 맞았다. "아이, 바빠!" 굉장히 익숙한 대사였다. 딸들이 어릴 때 자신에게 도움을 요청하는 아내에게 수없이 던졌던 말이었다. 지난날 자신의 매정함이 부메랑이 되어 돌아오리라고는 꿈에도 생각지 못했다.

현철 씨는 포기하지 않았다. 이대로 아내와의 관계가 굳어진 채로 은퇴 이후를 맞는다면 돌이킬 수 없을 것만 같았다. 그래서 '성지 순례'라는 미끼를 내걸었다. 신앙심이 깊은 금훈 씨도 전국의 성지를 방문하는 여행에는 솔깃해했다.

2018년 11월, 두 사람은 전라도 일대의 성지를 돌아다니는 10일짜리 여행을 다녀왔다. 생각해 보니 신혼여행 이후로 단둘이 여행을 떠나기는 그때가 처음이었다. 올해(2019년) 1월에는 베트남과 캄보디아의 유적지를 돌아다니는 2주 동안의 여행을 했다. 현철 씨가 정년퇴직을 하는 9월에는 한 달 일정으로 금훈 씨의 동생이 살고 있는 미국에 다녀올 예정이란다. 현철 씨는 요즘 은퇴 이후의 삶에 대한 기대감이 점점 커지고 있다.

물질에 대한 욕심을 버리고
베짱이처럼 삶을 향유하라

이 사례는 친하게 지내는 후배로부터 몇 년 전에 들은 것으로, 그의 삼촌에 관한 이야기다. 이야기를 들은 당시에는 '세상엔 별의별 사람이 다 있구나.'라며 웃어 넘겼는데, 이 책의 내용을 풀어 가는 데 꽤 유용한 사례로 여겨져 여기에 옮긴다. 후배 삼촌의 이름을 모르기 때문에 이 글에서는 'A 씨'라고 지칭하겠다.

A 씨는 70대 초반으로 소위 말하는 알부자다. 음식 장사를 해서 돈을 꽤 벌었고, 건물에 투자해서 재산을 늘렸다. 목 좋은 곳에 건물 몇 채를 소유하고 있는데, 지금은 그 건물들에서 나오는 임대료가 주 수입원이다. 흥미로운 점은 A 씨가 은행 거래를 거의 하지 않는다는 것이다. 임대료가 통장으로 들어오면 곧바로 현금으로 인출해서는 집

안의 금고에 보관한다. A 씨의 집에는 현금만 보관하는 방이 따로 있는데, 이 방은 A 씨 외 어느 누구도 출입 불가라고 한다. 심지어 그의 아내조차도.

이해가 되지 않아서 후배에게 물었다.

"집에 두는 것보다 은행에 넣어 두는 게 안전할 텐데 왜 그러지? 조금이나마 이자도 붙고 말이야."

"외삼촌이 왜 그러는지는 저도 몰라요. 세금 문제 때문이 아닐까 추측만 할 뿐입니다. 재산이 얼마인지 아는 사람도 없고요."

명절이면 진풍경이 펼쳐진다고 한다. A 씨의 자식들이 자신들의 자녀를 앞세워 '용돈 타기 경쟁'을 벌이는 것이다. A 씨는 재롱을 잘 부리고 자신에게 잘 보이는 손자손녀에게 상을 주듯 '금일봉'을 건네는데, 그 액수가 적지 않다고 한다. 평소에는 인색하기 그지없던 그가 그날만은 제법 후하게 돈을 푼다. 자식들은 그 기회에 한몫 잡으려고 어린 자녀들을 동원한다. 재롱을 부리기 싫어하는 아이들도 더러 있는데, 그러면 그 아이의 부모는 아이를 억지로 할아버지 앞으로 끌고 가서 노래와 춤을 시키는 등 가관이 아니라고 한다. 후배는 어느 명절에 그 집에 인사하러 갔다가 그 광경을 목격하고는 '문화 충격'이 엄청났다고 한다.

딱 막장 드라마다. 돈을 쥐고서 자식들 앞에서 행세하는 아버지나,

인색한 아버지에게서 한 푼이라도 더 뜯어내려고 아이들을 동원하는 자식들이나 한심하기는 마찬가지다. 남의 가정사를 제대로 모르면서 너무 박하게 표현하는 것 같기는 한데, 한번 상상해 보라. 현금을 손에 쥐고서 '자, 나한테 잘 보이면 돈이 생긴다.'는 표정을 짓고 있는 A 씨와, 아이들을 예쁘게 꾸며 와서는 노래와 춤을 시키는(아마 사전에 연습도 했을 것이다) 어른들. 어떤 아이는 하기 싫다고 징징거리고, 그러면 부모는 아이의 등을 떠밀고, 그 모습을 지켜보면서 돈의 위세를 한껏 누리는 아이들의 할아버지……. 내 눈에는 절대로 그 가족이 정상으로 보이지 않는다. 나중에 A 씨가 세상을 떠나면 그 자식들은 유산을 놓고서 이전투구를 벌이지 않을까?

A 씨에게 돈이란 단순한 거래 수단이 아니다. 그는 돈을 통해서 자신의 존재를 증명하고 과시하고자 한다. 그래서 그는 죽을 때까지 돈을 놓지 못한다. 재산이 줄어드는 것은 자신의 존재 자체가 왜소해지는 일이기에 자식들에게도 쉽게 나누어 주지 못한다. 돈의 크기가 곧 자신의 크기인 것이다. A 씨의 행태가 최악인 이유는 자라나는 아이들마저 돈의 노예로 만들고 있기 때문이다.

나이 들어서도 지속적으로 물욕을 추구하는 사람이 많다. 젊어서 돈 욕심을 부리는 것은 어느 정도 이해해 줄 만하지만, 늙어서까지 그러는 사람을 보면 안타깝기 그지없다. 평생 돈 모으느라 제대로 즐기지도 못했을 텐데, 이젠 좀 누려도 될 나이가 되어서도 돈의 저주에 빠져 같은 생활을 고집한다. 살아갈 날이 얼마나 남았다고 악착같이 돈을 모으는 일에 시간과 에너지를 낭비하는 걸까?

죽을 때는 아무것도 가지고 갈 수 없다. 지극히 당연한 이치다. 그런데도 재산을 짊어지고 떠날 것처럼 행동하는 사람이 많다. 그런 사람들을 보고 있으면 자신이 영원히 살 것이라고 착각하고 있는 건 아닐까 하는 의심이 든다.

물욕이 강한 사람만이 그런 것이 아니다. 우리 대부분이 그렇게 생각하고 그렇게 살아가고 있다. 세상을 떠날 때 가진 것이 '제로'인 사람이 인생을 가장 효율적으로 산 것이 아닐까? 돈은 모으기 위해서가 아니라 쓰기 위해서 버는 것이다. 돈을 모으는 이유는 나중에 돈을 벌지 못할 때를 대비하는 것뿐 다른 이유가 있어서는 안 된다. 그렇지 않으면 '돈의 저주'에 빠진다.

나는 앞에서 이렇게 썼다.

하지만 많은 분들이 연금이 나온다는 사실을 알고도 만족할 줄 모른다. 왜냐하면 은퇴 시점에 내가 가진 재산이 100이라면, 노후 생활을 해 나가는 동안에도 여전히 재산을 100으로 유지해야 한다고 생각하기 때문이다. (…) 하지만 지금 내가 가진 재산을 늙어 죽을 때까지도 유지하겠다는 마음은 탐욕에 다름 아니다.

대부분의 사람이 자신이 가진 것이 줄어들면 불안을 느낀다. 하지만 노년의 삶은 '적자 살림'을 받아들여야 한다. 은퇴 시점에 재산이 100이었다면, 그 다음 해에는 99로 줄어들고 또 그 다음 해에는 98이나 97로 줄어든다고 해서 그걸 불안해해서는 안 된다. 그렇게 조금씩 재산이 줄어들다가 세상을 떠날 즈음에 10이나 20 정도 남겨 둔다면(물론 '0'인 것이 가장 효율적이지만, 그걸 딱딱 맞출 수는 없을 것이다) 그것으로 충분하지 않겠는가. 이런 생각을 가지고 있어야만 노년의 삶을 유쾌하고 행복하게 보낼 수 있다. 은퇴 이후에 재산이 줄어드는 것을 두려워한다면 여전히 허리띠를 바짝 졸라매는 삶을 이어 갈 수밖에 없다.

이렇게 말하는 분들이 있다. "죽을 때까지 돈을 쥐고 있어야 부모 대접 제대로 받지 않겠어?" 또 이렇게 말하는 분들도 있다. "죽어서 제삿밥이라도 얻어먹으려면 유산이라도 좀 남겨 줘야지."

부모 대접 받겠다고 물질에 집착하는 사람들은 돈으로 인간관계를 사겠다는 것과 마찬가지다. 돈으로 자식의 효도를 사겠다는 건데, 한 푼이라도 뜯어내려고 아양 떠는 것을 두고서 그걸 효도라고 믿고 싶어 하는 마음은 도대체 어디서 기인하는 걸까? 자식으로부터 제삿밥

겨울을 앞둔 나무는 잎을 다 벗는다.
잎에 눈이 쌓이면 가지가 무거워지고
자칫하다가는 부러질 수도 있기 때문이다.

노년에 이르러서도 움켜쥐려고만 한다면
노년의 시간이 주는 선물을 누릴 수가 없다.

이라도 얻어먹겠다고 생각하는 사람은 내세를 믿는다는 말인데, 내세에서 행복하게 지내려면 돈을 쌓기보다는 덕을 쌓는 것이 더 낫지 않을까? 그리고 유산을 남겨 주어야만 제사를 지내 줄 것 같은 자식이 과연 상속을 받았다고 해서 정성스럽게 제사를 지내 줄까? 자식의 효도와 사후의 예는 결코 돈으로 어떻게 해 볼 수 있는 일이 아니다. 돈을 좇느라 자녀와의 관계를 등한시한 사람과 돈은 좀 덜 벌었더라도 자녀들과 많은 시간을 갖고 친밀한 사람 가운데 어떤 이의 노년이 더 행복할까?

합리적으로 생각해 보면 노년에 돈에 집착할 이유는 단 한 가지도 없다. 여러 번 이야기했듯이 그것은 돈의 크기를 자아의 크기로 착각하는 물질 숭배에서 비롯된 어리석은 행동이다. 정말로 자식을 사랑해서 유산을 남겨 주고 싶다면 노후에 쓸 충분한 재산만 남겨 놓고 미리 자식들에게 분배해 주는 게 낫다. 그렇게 깔끔하게 정리하는 것이 살아서 존경을 받고 형제간의 우애를 지켜 주는 현명한 처사다.

노년은 물질로부터 자유로워져야 한다. 영원히 살 것처럼 노년이 되어서도 물질에 집착해서는 절대로 행복한 노년을 보낼 수 없다. 그동안 정신적·육체적 에너지의 많은 부분을 바쳐 온 돈에서 벗어난다면 꽤 풍족한 노년을 누릴 수 있다. 젊어서는 개미처럼 열심히 일하되 은퇴 이후에는 베짱이가 되어야 한다.

주택에 대한 집착을 버리고
더 큰 것을 얻다

Part 1의 「나의 연금 수령액은 얼마?」라는 글에서 필자의 은퇴 이후 연금 수령액에 대해서 밝혔다. 퇴직 연금이 끊기는 81세부터는 174만 원의 국민연금(현재 가치)만 받게 되기 때문에 이에 대한 대비책을 마련해야 한다고 이야기하면서, 어떤 방법이 있는지는 나중에 알려 드리겠다고 썼다.

답을 알려 드리겠다. '주택 연금'이다. 이미 알고 있는 분들이 많을 것이다. 대단치도 않은 것을 마치 엄청난 비책이라도 된다는 양 뜸을 들였느냐는 분도 있을 것 같다.

내가 주택 연금을 뒤늦게 꺼내는 이유가 있다. 앞서 줄곧 강조해 온 노년과 돈의 관계를 깔끔하게 정리해야만 이 문제에 대해서 제대로 논의하고 이해할 수 있기 때문이다. 앞서 나는 이렇게 이야기했다. 은퇴 시점에 재산이 100이라면, 세상을 떠날 즈음에는 10이나 20 정도의 재산만 남겨 놓는 것이 인생을 효율적으로 산 것이라고. 이 말은 현금 등의 유동성 자산에만 해당하는 것이 아니라, 부동산에도 그대로 적용된다. 아니, 대부분의 사람이 현금을 쌓아 두고 살지 않기 때문에 오히려 부동산에 더 적절하게 적용할 수 있다.

　돈을 버는 가장 주요한 목적은 의식주를 해결하는 것이다. 의식주衣食住라는 말을 두고서 왜 '식의주'나 '주식의'라고 하지 않고 '의衣'를 제일 앞에 두었는지 생각해 본 적이 있다. 옷을 입는다는 것이 인간다움을 갖추는 행위기 때문일 것이다. 인간도 하나의 동물이지만 의관을 갖춤으로써 다른 동물과는 구별되는 존재로 거듭난다. 그리고 옷은 모든 사회 활동을 시작하기 위한 가장 기본적인 요소다. 벌거벗은 채 밥을 먹겠다고 식당에 갈 수는 없다. 그래서 아마도 제일 앞에 자리했을 것이다. 그다음이 식食이다. 생명을 유지하기 위해서는 먹고 사는 문제를 해결해야 한다. 그리고 주住다. 집이 있어야 한다. 주거지 문제가 가장 나중에 위치하지만, '의'와 '식'이 관습적으로 행해지는 반면 '주'를 해결하는 문제는 대단히 의도적이고 계획적으로 진행된다. 모든 가장의 최대 숙제 역시 '내 집 마련'이다.

　이렇게 공을 들여 마련한 한 채의 집이 보통 사람들에게는 최종적인 자산으로 남는다. 젊은 날을 바쳐서 일군 가시적 업적 중에서 가장 크다. 이토록 귀한 집을 세상을 떠나는 순간까지도 내 것으로 남겨 두고자 하는 마음은 결코 욕심이 아니다. 더구나 우리나라 사람은 집에 대한 애착이 강하다. 집은 단순한 건물이 아니라, 온 가족의 추억과 손길을 간직한 정신적 공간이기도 하다. 그래서 우리 선조들은 조상 대대로 살아 온 고택을 될성부른 후손에게 물려주어 가문의 정신적 본향으로 삼도록 했다.

지인의 친척 어르신 중에 한 분이 생활고를 해결하지 못해 정든 집을 팔고 보다 작은 집으로 옮겼다. 그 차액으로 부부가 여생을 보내고 있었는데 얼마 전 바깥어른이 세상을 떠났다. 지인은 문상을 가고 나서야 어릴 때 가끔 놀러가고는 했던 그 큰 집이 오래전에 팔렸다는 사실을 알게 되었다고 한다.

"어릴 때 서너 번 정도 방학 때 놀러갔던 적이 있는데, 그 동네도 이제는 많이 변했죠?"

위로를 한답시고 건넨 말이 그 부인에게는 상처가 되고 말았다.

"야야, 그 집 판 지가 언젠데? 저 양반이 그 집을 떠나면서 얼마나 울었다꼬?"

이런 거다. 집은 건물이 아니라 또 하나의 가족이다. 이런 가족이니 어떻게 팔 수 있겠느냐고 말할 사람도 있겠다. 그래도 노년을 풍

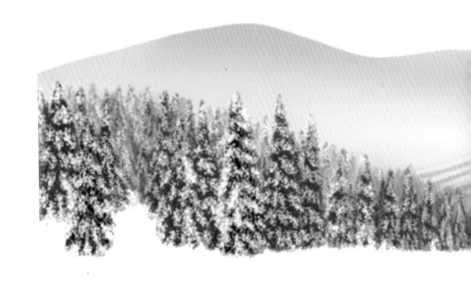

족하고 행복하게 지내기 위해서는 집에 대한 생각을 바꾸어야 한다.

너무 걱정 마시라. 집을 팔거나 떠날 필요가 없다. 보유한 집을 담보로 죽을 때까지 일정한 연금을 받는 제도가 있다. 이것이 바로 '주택연금'이다.

국민연금과 퇴직 연금만으로는 노후 생활비를 감당하기 벅차거나, 연금 수령액이 턱없이 부족한 경우, 또는 노년을 보다 윤택하게 살고

싶은 경우에 주택 연금이 좋은 답이 될 수 있다.

주택 연금이란 소유한 집을 담보로 맡기고 국가가 보증하는 연금을 매달 수령하는 제도다. 소유한 집의 가격, 수령 시기, 수령 방식 등에 따라서 연금 액수가 달라진다. 수령 시기는 가입자가 정하면 되고, 연금은 죽을 때까지 지급된다. 자격 요건은 다음과 같다.

첫째, 부부 중 한 사람이 60세 이상

둘째, 부부 기준 소유한 주택의 가격이 9억 원 이하

무척 간단하다. 원칙적으로는 집을 한 채만 소유한 부부를 대상으로 하지만, 다주택 소유자라도 모든 주택의 합산 가격이 9억 원 이하라면 자격 요건이 된다. 9억 원을 초과하는 2주택 소유자는 3년 이내에 주택 1개를 매도한다고 약정하면 역시 자격 요건을 갖출 수 있다. 더 자세한 내용은 한국주택금융공사 홈페이지에서 확인하기 바란다. 아주 자세하고 친절하게 설명하고 있다. 여기서 숙지해야 할 사항은 우리의 최종 자산인 집을 활용하면 얼마든지 노년을 대비할 수 있다는 사실이다.

앞서 소개했던 '골퍼 부부' 김일권 씨와 정순영 씨도 70세부터 주택연금을 수령하고 있는데, 수령액은 월 120만 원 정도 된다고 했다. 연금 수령액으로 추정하건대 김 씨 부부가 소유하고 있는 집은 가격이 4억 원대일 것이다.

물론 주택 연금에 가입했다고 해서 살던 집에서 떠날 필요는 없다. 하지만 앞서 이야기했듯 우리나라 사람은 죽을 때 집 한 채는 남겨야 한다는 관념이 강하다. 평생 쌓아 온 삶의 공적이 집으로 남는다고 생각하기 때문이다. 그리고 자식에게 집 한 채는 물려주고 죽어야

수급 개시 연령	주택 가격								
	1억원	2억원	3억원	4억원	5억원	6억원	7억원	8억원	9억원
50세	107,000	214,000	321,000	428,000	535,000	642,000	749,000	856,000	963,000
55세	144,000	289,000	434,000	579,000	724,000	868,000	1,013,000	1,158,000	1,303,000
60세	198,000	397,000	595,000	794,000	993,000	1,191,000	1,390,000	1,588,000	1,787,000
65세	241,000	483,000	725,000	966,000	1,208,000	1,450,000	1,692,000	1,933,000	2,175,000
70세	298,000	597,000	895,000	1,194,000	1,492,000	1,791,000	2,090,000	2,388,000	2,687,000
75세	375,000	750,000	1,125,000	1,501,000	1,876,000	2,251,000	2,626,000	3,002,000	3,055,000
80세	482,000	964,000	1,446,000	1,928,000	2,410,000	2,892,000	3,374,000	3,384,000	3,384,000

※ 표 보는 법 예시

1. 주택 가격 4억 원, 65세부터 주택 연금을 받는다면, 매달 966,000원 수령

2. 주택 가격 8억 원, 70세부터 주택 연금을 받는다면, 매달 2,388,000원 수령

한다는 생각 역시 강하다. 선택은 자유다. 집을 활용하여 노년을 윤택하게 보내든지, 아니면 노년 생활이 좀 힘들더라도 '집'이라는 기념비를 남길지…….

우리 부부는 주택 연금을 적극적으로 활용할 계획이다. 81세부터 연금 수령액이 확 줄어드는 문제도 있지만 그것보다는 노년에 대해서 나름 계획하고 있는 것이 있기 때문이다. 김일권, 정순영 씨 부부에게서 힌트를 얻었다. 액티브 시니어로 살아가는 사람들의 가장 적극적인 형태의 삶, 바로 '일 년에 한 달 낯선 곳에서 살기'다.

‘해외 또는 국내의 낯선 도시에서 한 달 살기’는 결코 부유한 사람들만이 누릴 수 있는 것이 아니다. Part 3에서 살펴보겠지만, 깜짝 놀랄 만큼 저렴한 비용으로도 충분히 가능하다. 가장 중요한 준비물은 돈이 아니다. 노년을 행복하게 살겠다는 마음가짐이다.

Part. 3

· · · · · · · · · · ·

일 년에 한 달,
은퇴 유목

내년에는 어디서 살아 볼까냥~?

은퇴 유목이라는
새로운 라이프스타일

    은퇴 생활을 행복하게 보내는 삶의 모델은 여러 가지다. 어떤 분들은 봉사를 하면서 보람을 얻고 삶의 의미를 되새긴다. 오랫동안 미루어 온 취미 생활을 본격적으로 시작할 수도 있다. 새롭게 공부를 하는 재미도 쏠쏠하다고 한다. 노년에는 머리가 둔해져서 힘들지 않을까 생각하는 분들이 있는데, 오히려 성적이나 성과에 얽매일 필요가 없기 때문에 젊은 날에는 몰랐던 공부의 재미를 흠뻑 느끼고 더욱 몰입할 수 있다고 한다. 전문직에 종사했던 분들 중에는 자신이 가진 기술과 노하우를 젊은이들에게 전수하는 프로그램을 개설하여 운영하는 분도 있다. 어떻게 생활하든 하루하루가 충만할 수 있다면 그것으로 충분하다.

이처럼 젊은 시절 못지않게 활동적으로 생활하는 노년층을 가리켜 '액티브 시니어'라고 부른다고 앞에서 소개했다. 나 역시 액티브 시니어로 살아갈 것이다. 좀 더 구체적으로 말하자면, 나는 '낯선 곳에서 한 달 살기'를 생활의 중심에 놓겠다고 마음먹었다. 아내도 내 제안을 크게 반겼다. '낯선 곳'은 외국일 수도 있고 우리나라의 여느 도시일 수도 있다. 그때그때의 사정과 상황에 따라 선택하면 된다.

한 곳에 머물지 않고 여행하듯 은퇴 생활을 하는 이들을 두고 영어권에서는 '시니어 노마드Senior Nomad' 또는 '실버 노마드Silver Nomad'라고 부른다. 나는 이와 같은 노년의 삶을 '은퇴 유목'이라고 부르기로 했다.

여행을 하는 것과 현지에서 한 달 동안 사는 것은 차원이 다른 경험이다. 어느 것이 더 낫다고 평가할 수는 없다. 여행사가 마련한 프로그램에 모든 것을 맡기는 패키지여행을 선호하는 사람이 있고, 직접 여행지를 선택해서 마음 닿는 대로 돌아다니는 자유 여행을 좋아하는 사람도 있다. 다만 여행지의 풍습과 특색, 그 지방 사람들을 오롯이 체험하고 싶다면 한 달 정도 푹 몸을 담갔다가 오는 것이 좋을 것이다. 이런 여행이 은퇴 유목이다.

이미 서구에서는 은퇴 유목이 꽤 보편적인 노년 문화로 자리 잡았다. 인터넷을 검색해 보니 서구 사람들 중에는 모국을 떠나 해외의 여러 나라와 도시를 돌아다니며 은퇴 유목을 이어가는 사례가 많았다.

우리 부부가 계획하고 있는 것처럼 일 년에 한 달 정도를 다른 도시에서 사는 수준을 넘어, 한 달을 한 도시에서 살고 나서 곧바로 다음 도시로 넘어가서는 다시 한 달을 사는 부부도 꽤 많았다. 그들은 언제 돌아갈 거라는 기약도 없이 매월, 매일, 매순간 새로운 삶의 모습에 적응하고 거기에서 즐거움과 의미를 발견하고 있었다.

의외였던 것은 우리나라 사람들 사이에도 '한 달 살아 보기' 열풍이 불고 있다는 사실이었다. 제주도를 진원지로 시작된 이 새로운 라이프스타일은 동남아를 거쳐 유럽과 아메리카까지 이어지고 있었다. 전 세계를 돌아다니다가 마음에 드는 도시에서 한동안 살다가 시간이 지나면 다시 다른 도시로 떠나는 젊은이도 제법 있었다. 요즘 젊은이들은 해외여행에 대한 거부감이 없고 외국어에도 능숙하며 자기만의 스타일로 삶을 만들어 나가려는 성향이 강하기 때문에 가능한 일일 것이다.

한 달 살기와 관련한 책도 나와 있었다. 『한 달에 한 도시』(이야기나무, 김은덕·백종민 지음)라는 책이다. 30대 부부가 2년여 동안 24개 나라의 도시에서 한 달 정도씩 살아 본 경험을 담은 것으로, 유럽 편·남미 편·아시아 편(전3권)으로 구성되어 있다.

책에 따르면 부부는 그 도시에 있는 동안에는 그곳 사람처럼 살았다. 한 달을 4개의 시간 구역으로 나누어 경험을 점점 확대하는 방법을 취했다. 첫째 주는 동네 주변을 돌아다니며 지리에 익숙해지고, 둘째 주부터는 점점 먼 지역까지 다녀오는 방식이다. 부부는 이 기간 동안 인터넷에 글과 영상을 올렸고, 여행이 길어짐에 따라 팬도 늘었다고 한다. 세 권의 책도 인터넷 포털 사이트에 올린 글을 보충하여 펴낸 것이었다.

아쉬운 점이 있었다. '한 달 살아 보기'를 행하고 있는 우리나라 사람 대부분이 2030 세대라는 사실이다. 그들은 청춘의 마지막 구간에서 적지 않은 비용과 시간을 들여 다음 단계로 향하기 위한 나름의 의식을 치르고 있었다. 간혹 4050 세대의 경험담도 발견할 수 있었는데, 이들의 경우에는 자녀들의 해외 경험과 외국어 교육을 위해 방학을 이용하여 한 달을 살아 본다는 실용적인 목적을 갖고 있었다.

두 부류 모두 의미가 있는 경험이었지만 내가 원하는 것은 아니었다. 우리나라 사람들 중에 노년을 같은 방식으로 지내고 있는 이들은 없을까? 그러던 중 '은퇴 후 유목민으로 살기'라는 인터넷 블로그를 발견했다. 이 블로그의 운영자는 이미 10여 년 전부터 은퇴 유목민으로 살아가고 있었다. 블로그에는 은퇴 유목과 관련한 정보가 많았다.

도움을 얻기 위해 연락을 취했다. 하지만 블로그 운영자는 "노출하지 않고 우리만의 삶의 방식으로 봐 주셨으면 좋겠습니다."라며 인터뷰를 정중히 거절했다. 그분의 생각을 존중한다. 그래서 이 책에서는 더 이상 자세히 거론하지 않겠다. 단, 우리나라에도 이미 은퇴 유목을 적극적으로 실천하고 있는 분들이 있다는 사실만은 알고 넘어가자.

미리 이야기했듯 은퇴 유목이 반드시 해외에서 살아 보는 것을 의미하지는 않는다. '한 달 살아 보기' 열풍이 제주도에서 시작되었는데, 최근에는 지방자치단체들이 비어 있는 농가나 구도심의 빈 집을 개조하여 장기간 빌려 주는 사업을 추진하려는 움직임을 보이고 있다. 치안이나 인프라 구축 등의 숙제가 남아 있지만 은퇴 유목이 활성화되면 이러한 사업이 보다 힘을 얻게 될 것이다. 마찬가지로 지자체의 주택 장기 대여 사업이 자리를 잡으면 국내에서의 은퇴 유목이 보다 활발해질 것이다.

사실 은퇴 유목의 지역이 외국이냐 우리나라냐는 중요하지 않다. 오랫동안 내가 머물러 있던 공간에서 벗어나 낯선 환경에서 살아 본다는 것이 중요하다. 공간과 관계는 경험과 생각과 느낌을 한정한다. 편안한 집, 낯익은 가게, 늘 오가는 거리, 친숙한 사람들 속에서는 하루 종일 같은 경험을 하고 유사한 생각을 하며 비슷한 감정을 느낄 수밖에 없다. 그것이 편해서 익숙한 것들로부터 벗어나지 못하는 사람도 많다. 그렇게 오랫동안 한 가지 방향으로 굳어지면 그게 똥고집이 된다.

그래서 여행이 중요하다. 친숙한 공간과 사람들로부터 잠시 떠나 견문을 넓히고 나를 새로운 눈으로 바라보는 것. 특히 노년의 여행은 '나이 듦'과 '늙음'이라는 생물적 후퇴를 받아들이면서도 삶을 새롭게 갱신하는 기회가 될 것이다. 이처럼 적극 행복을 찾는 길을 걸어가는 것만으로도 나와 아내의 의미가 커지지 않겠는가?

우리 부부가 노년 생활의 키워드를 '은퇴 유목'으로 잡은 데에는 새로운 세계에 눈을 뜨게 해 준 '골퍼 부부' 김일권, 정순영 씨의 영향이 컸다. 하지만 어쩌면 그 전부터 이런 은퇴 이후의 삶을 꿈꾸었는지도 모른다. 우리 부부에게는 한때의 아름다웠던 기억이 있다.

우리 가족은 미국 노스캐롤라이나주의 한 전원도시에서 일 년 동안 지낸 적이 있다. 회사에서 마련한 해외 연수 프로그램 덕분이었다. 그 일 년 동안 우리 가족은 참으로 행복했다.

내 경험에 비추어 볼 때 미국은 한 달 살기를 하기에 적당한 나라다. 왕복 항공료와 자동차를 빌리는 돈만 제외한다면 한국에서보다 더 싸게 한 달을 지낼 수 있는 지역이 많다. 뉴욕이나 로스앤젤레스, 샌프란시스코, 시카고 같은 대도시의 물가는 살인적이지만, 도심에서 조금만 외곽으로 벗어나면 물가가 확 떨어진다. 서울 물가의 60~70% 수준이다.

미국은 시골 마을이라도 생활환경이 잘 갖추어져 있다. 아주 작은 시골 마을에도 대형 쇼핑몰이 여럿 들어서 있고 무료로 운영되는 박물관도 많아서 문화적인 경험을 풍부하게 누릴 수 있다. 해안가의 고급스러운 해산물 뷔페가 1인당 20달러(약 2만 3,000원)가 되지 않았고, 쇠고기 스테이크를 무제한으로 먹을 수 있는 보통의 뷔페는 성인 1명에 10달러(약 1만 1,000원) 정도였다.

골프와 같은 레저 시설을 이용하는 비용도 아주 저렴하다. 한국에서는 부부가 골프를 즐기려면 최소 50만 원은 낼 각오를 해야 한다. 하지만 미국에서는 골프 비용이 1인당 2만~4만 원 정도다. 조금 비싼 골프장이라 해도 1인당 5만 원이면 충분하다.

가장 기억에 남는 순간은 미국 대륙을 횡단할 때였다. 라스베이거스의 휘황찬란함은 여행의 덤에 불과했다. 미국을 횡단하면서 가장 인상 깊었던 것은 광활한 대자연이었다. 그동안 사진이나 그림으로만 보던, 상상을 초월하는 풍광이 눈앞에 펼쳐질 때는 가슴이 벅찰 지경이었다. 협곡이라면 그랜드캐니언 정도만 알고 있었는데, 그곳에 버금가는 협곡이 그토록 많으리라고는 생각조차 하지 못했다. 요세미티 국립공원에서 미리 싸 가지고 간 도시락을 까먹었던 기억은 지금도 새록새록 떠오른다. 우리나라도 장엄하고 아름다운 풍광을 자랑하는 곳이 많지만, 땅덩어리가 큰 미국 서부의 대자연은 우리 가족을 압도했다. 사방에 보이는 것이라고는 모래언덕뿐이고 모래 바람이 쉴 새

젊은 날의 여행은
견문을 넓히는 훌륭한 경험이다.

노년의 여행은
쇠락해져 가는 몸과 마음을 다시 일으켜 세우는
재생과 부활의 시간이다.

없이 불어 닥치는 데스밸리에서는 황량함의 극치를 맛보았다.

　미국 중서부의 대평원을 자동차로 달릴 때의 쾌감 역시 잊을 수가 없다. 몇 시간을 달려도 휘지 않는 직선 도로, 저 멀리서 차례차례 밀려오는 지평선, 온갖 형상을 만들어 내는 구름, 절벽과 절벽을 아찔하게 연결한 다리, 온통 붉은 빛의 흙이 뭉쳐 하늘로 뻗어 오른 봉우리, 바닥에서 하늘로 치솟는 물줄기⋯⋯.

　이 모든 자연의 경이로움은 우리나라에서는 느끼기 힘든 감정과 경험을 선사해 주었다. 그때의 그 기억과 추억은 아직도 내 심장 속에서 뛰어놀고 있다. 은퇴 후에 다시 그 기억과 추억을 느끼고 싶다. 그러니 우리 부부가 기꺼이 은퇴 유목을 새로운 삶의 목표로 정한 게 이상하지 않다. 요즘 우리 부부는 진심으로 은퇴할 날을 학수고대하고 있다.

전국을
자동차로 여행한 부부

미국인인 마이클과 데비 캠벨 부부는 2018년 5월에 한국에 왔다. 그들은 한국으로 오기 전 숙박 공유 사이트인 에어비앤비[airbnb]를 통해 서울 서교동의 '한국 집'을 장기간 빌렸다. 서교동은 서울 젊은이들의 핫 플레이스인 홍대 거리가 있는 동네다.

캠벨 부부는 2013년에 은퇴한 뒤 재산을 처분하고 시니어 노마드의 길로 들어섰다. 처음부터 은퇴 유목민으로 살 계획은 아니었지만, 은퇴 기념으로 시작한 부부의 여행이 지금까지 이어지고 있다. 한국으로 오기 전 77개 나라를 돌아다녔다. 어떤 곳에 가든 여행자가 아니라 '동네 주민'으로 지냈다. 한국에 있는 동안 부부는 동네 미용실과 이발소를 이용했고 서교동 주민 센터가 마련한 강좌를 들었으며 자원 봉사 활동에도 참여했다. 그들도 자신들의 여행이 언제까지 이어질지 모른다. 연말에 마이클이 "계속할까?"라고 물으면 데비는 "물론."이라고 답한다. 지금 이 순간에도 부부는 지구상의 어느 거리를 걷고 있을 것이다(캠벨 부부의 이야기는 중앙일보 전영선 기자가 쓴 「스마트폰 들고 길 위에서 5년… 시애틀 은퇴 부부가 사는 법」을 바탕으로 쓴 것이다).

전 세계를 돌아다니는 캠벨 부부와 달리 박경희·조남대 부부는 우리나라를 무대로 삼았다. 2015년 7월 한 달 동안 자동차로 전국을 여행하고, 같은 해 12월부터 다음해 1월까지 25일 동안은 제주도에서 살았다. 부부는 자신들의 여행 경험을 『부부가 함께 떠나는 전국 자동차 여행』(북랩, 2016)이라는 책으로 펴냈다. 문장이나 책의 구성은 다소 투박한 편이지만, 전국 곳곳을 돌아다닌 일정과 비용, 여행지 소개, 여행 정보가 꼼꼼하게 담겨 있어서 대한민국 여행을 계획하는 분들에게는 큰 도움이 될 것이다.

책을 보다가 궁금한 게 생겨서 남편인 조남대 씨에게 전화를 했다. 조남대 씨는 책의 내용을 일부 인용해도 좋다고 허락했고, 내가 궁금해 하는 부분에 대해서도 친절하게 답변해 주었다. 책을 읽어 보면 독자들께서도 느끼실 텐데, 조남대 씨는 무척 꼼꼼하고 부지런한 사람이다. 여행을 떠나기 전에 철저히 준비했고, 여행을 하는 동안에도 자신들의 행적을 세심하게 기록으로 남겼다.

아내인 박경희 씨가 먼저 퇴직했고, 뒤를 이어 남편 조남대 씨가 정년퇴직했다. 남편이 은퇴한 시점에 맞추어 부부의 은퇴 유목이 시작되었다(조 씨 부부가 '은퇴 유목'이라는 단어를 쓴 것은 아니다). 장기간의 여행을 떠나기 전에 두 사람은 전국 지도를 펼쳐 놓고 가 보고 싶은 지역을 모두 표시했다. 여행 가이드북을 참고했고, 인터넷을 통해 명소에 대한 정보를 검색했다. 이미 가 본 곳은 과감하게 리스트에서 뺐다. 출발일은 7월 7일. 본격적인 여름휴가 시즌을 피하기 위해 디데이를 조금 당겼다. 휴가 시즌에는 전국이 행락객으로 들썩이고 여행지 물가도 오르기 때문이다.

첫 여행지는 강원도. 그곳에서 남해안으로, 다시 서해안으로 향했다. 전국 50개의 시군을 돌았고, 117곳의 명소를 방문했다. 오토캠핑을 하며 자연을 만끽하기도 했다. 휴가 시즌을 피한 것은 신의 한 수였다. 호젓한 공간에서 오붓한 시간을 보낼 수 있었다.

두 사람은 매일 저녁 숙소에서 그날의 여행 일지를 작성했다. 본받을 점이었다. 우리 부부가 은퇴 유목을 할 때도 그렇게 하겠다고 생각했다. 조남대·박경희 씨 부부처럼 기회가 닿아서 책을 낼 수도 있겠지만, 그렇지 않더라도 나중에 다시 읽으며 우리가 함께했던 순간을 되새기는 추억의 증거가 될 테니까.

전국을 일주하는 동안 한 지역에서 이틀 이상 머물지 않았다. 꽤나 강행군을 한 셈인데, 체력적으로 크게 문제는 없었다고 한다. 재미있고 즐거운 시간을 보내는데 힘들 게 뭐 있냐고 했다.

이렇게 한 달 가까이 전국을 돌면서 들어간 비용은 얼마일까? 책에서 항목별로 비용을 상세하게 소개하고 있는데, 여기서 간략하게 밝히자면 약 370만 원이 들었다. 아침에는 과일 등으로 간편하게 식사를 하고 점심과 저녁에는 그 고장의 맛집을 찾아갔다. 음식 재료를 사서 직접 요리해 먹기도 했다. 가장 많은 비중을 차지한 것이 식비였고, 그다음이 주유비였다. 여행에 실질적으로 도움이 되는 유익한 내용이 많기 때문에 더 자세한 사항을 알고 싶다면 꼭 책을 읽어 보시기를 권한다.

그런데 부부는 왜 장기간의 여행을 한 것일까?

"우리 부부는 30년 이상 직장 생활을 했습니다. 그동안 쌓인 피로와 스트레스를 털어 버리고 홀가분하게 여유를 즐기려는 목적도 있었죠. 하지만 그보다는 퇴직한 후의 30~40년을 어떻게 살 것인지 고민하려는 목적이 더 컸습니다."

은퇴 생활의 답을 찾기 위한 것! 그러니까 앞으로의 30~40년을 보람 있게 살기 위한 플랜을 짜는 것이 목적이었다. 이들 부부에게 퇴직은 긴 인생의 한 점일 뿐이었다. 그리고 장기간의 여행은 제2의 인생을 시작하기 전에 잠시 쉬어 가고 새로운 힘을 얻는 쉼표였다.

은퇴는 지금껏 몰랐던 영역으로
향하는 문이다.
당당하게 그 문을 여는 사람에게
은퇴 이후의 시간은
새로운 세계로 다가온다.

2015년 12월 28일, 부부는 두 번째 장기 여행에 나섰다. 배에 자동차를 싣고 제주도로 향했다. 제주도 현지인처럼 한 달여를 살아 보는 본격적인 은퇴 유목이 시작되었다. 부부는 25일간 제주도에서 살았고, 해를 넘긴 1월 21일 집으로 돌아왔다. 제주도에서 은퇴 유목을 하면서 들어간 비용은 약 365만 원. 전국을 돌아다닐 때와 비슷한 수준이었다.

제주도에서는 어디든지 1시간 30분 이내에 갈 수 있다. 그래서 굳이 숙소를 옮기지 않아도 된다. 겨울이었지만 내륙에 비해 기온이 15도가량 따뜻했다. 제주도에서 지내는 동안 해외의 이름난 도시들도 제주도만큼은 좋지 않을 거라고 생각했다. 그만큼 행복했다.

이 두 번의 장기 여행을 통해 부부는 앞으로 더 멋지게 살고 싶다는 마음이 강해졌다고 한다. 도전하는 삶이 의미 있다는 사실을 새삼 깨달았다. 부부는 앞으로도 전국을 누비는 은퇴 유목을 계속할까? 조남대 씨의 말이다.

"55일 동안 전국을 누볐지만, 아직 한반도의 3분의 1도 다 못 봤어요. 전국을 다니다 보니 왜 우리나라를 금수강산이라고 하는지 절로 깨닫게 되었습니다. 해외로 가는 것도 좋지만, 난 국내가 더 좋습니다. 앞으로 자동차 여행 2탄, 3탄을 계속할 겁니다. 아직 못 가 본 곳이 많으니까요."

앞서 소개한 미국인 캠벨 부부와 조 씨 부부에게는 공통점이 있었다. 여행을 하는 동안 단 한 번도 다투지 않았다는 점이다. 사소한 감정싸움도 없었다고 한다. 함께하는 시간이 길어지고 함께하는 경험이 늘어날수록 배우자가 더 소중하게 다가온다고 했다.

그들 부부는 여행을 하는 동안 남편과 아내라는 경계가 희미해지고 동반자라는 의미가 새롭게 부각되는 경험을 했다. 젊은 시절에는 혼자서 험한 길을 걸어가는 줄 알았는데, 어느 날 문득 돌아보니 옆에 항상 함께해 온 이가 있었다는 사실을 깨닫게 된 것이다. 노년의 시간이란 그런 것이다. 남은 길을 함께 걸어가는 사람의 소중함을 깊이 깨닫게 되는 그런 시간이다. 은퇴 유목은 그 소중한 감정을 더 그윽하게 만들어 준다.

한 달간
자리를 비우겠습니다

　서울시 은평구의 은평 경찰서에서 연신내역으로 향하는 오래된 동네에서 유성현(가명) 씨는 아내와 함께 식당을 운영했다. 테이블이 네 개뿐인 작은 식당이지만 밥때가 되면 손님들이 줄을 설 정도로 붐볐다. 장소가 협소한 걸 알기에 손님들은 서로 모르는 사이라도 한 테이블에 앉아 밥을 먹었다. 단골의 배려다.

　유 씨 부부가 이곳에 자리를 잡은 때는 2005년 즈음이다. 운영하던 사업체가 한 해 전에 부도를 맞고 무너지면서 집마저 경매에 넘어갔다. 살 길이 막막하던 차에 친구의 도움으로 경기도와 거의 맞닿아 있는 그 동네에 새롭게 터전을 잡았다. 두 사람 다 60대가 코앞이었다. 무얼 해서 먹고살까 고민하던 중에 집 앞에 조그마한 가게가 권리금

없이 싸게 나온 것을 보고 식당을 열었다. 다행히 예전부터 음식 장사를 해도 되겠다는 말을 들을 정도로 아내의 음식 솜씨가 뛰어났다. 메뉴는 동태탕과 알탕, 비빔밥에 돈까스, 이렇게 딱 네 가지만 준비했다. 유 씨의 아내가 자신 있어 하는 음식들이었다.

2006년부터 시작한 장사가 조금씩 입소문을 타면서 손님이 늘기 시작했다. 주변에 사업체가 별로 없기 때문에 대부분 동네 손님이었다. 은퇴를 앞둔 나이에 시작한 제2의 현역 생활 성적표가 꽤 괜찮았다. 부부는 부도를 맞으면서 채무 리스트를 만들었다. 금전적으로 피해를 준 이들의 명단을 작성하여 반드시 책임을 지겠다고 마음먹었다. 2012년에 유 씨는 모든 채무를 청산했다.

그해에 유 씨는 아내에게 여행을 떠나자고 제안했다. 지난 6년 동안 거의 쉬지도 못하고 뼈 빠지게 일해 온 자신들에게 선물을 하고 싶었다. 사업을 하던 시절에 일 때문에 캄보디아에 들렀다가 가 본 적이 있는 씨엠립이 떠올랐다. 앙코르 와트 등의 세계적인 유적지가 가깝고, 톤레삽이라는 거대한 호수와 어우러진 풍광이 무척 아름다운 곳이었다.

짧게 다녀오는 패키지 관광은 내키지 않았다. 몇 주 정도 푹 쉬고 싶었다. 그러다가 아예 한 달 정도 있다가 오자고 작정했다. 비용을 따져 보니 물가가 싸기 때문에 항공료와 숙식비를 감안하더라도 여느 한국 가정의 생활비와 크게 차이가 없었다. 문제는 한 달 동안 식당을 비워야 한다는 점이었다. 아내도 그 부분을 걱정했다. 하지만 강행하기로 했다.

11월 3일을 디데이로 잡았다. 그로부터 한 달 전, 식당 벽에 안내문을 붙였다. '11월 2일부터 12월 4일까지 휴업합니다. 손님 여러분의 양해를 구합니다.'

손님들이 무슨 일이냐고 물으면 한 달 동안 여행을 떠날 계획이라고 솔직하게 답했다. 손님들도 응원해 주었다. 그런데 시간이 지나면서 이상한 소리가 들려오기 시작했다. 식당이 잘돼서 돈 좀 만지더니 해외여행이나 다닌다는 빈정거림이었다. 부부는 적잖이 마음의 상처를 입었다.

아내는 여행 계획을 취소하자고 했다. 하지만 유 씨는 그러고 싶지 않았다. 휴일에도 반찬거리를 다듬느라 지난 6년 동안 온전히 쉰 날이 손에 꼽을 정도였다. 지인들에게 진 빚을 갚기 위해 사람도 쓰지 않았다. 빚을 다 갚고 마음의 짐을 덜어낸 것만으로도 충분히 감사한 일이었지만, 앞으로 더 열심히 달려가기 위해서라도 반드시 충전이 필요했다. 부부는 불안한 마음을 완전히 떨치지 못한 상태로 가게 문을 닫고 여행을 떠났다.

씨엠렙에 있는 동안 유 씨 부부는 이전에 누리지 못한 자유와 한가로움을 만끽했다. 도착한 처음에는 며칠 동안 호텔에서 머물렀고, 조금 익숙해진 뒤에는 도미토리와 게스트하우스에 묵었다. 그러다가 씨엠렙을 떠나오기 2일 전에 다시 호텔에 들어갔다. 항공료에 먹고 자고 구경하는 데 쓴 모든 비용을 합쳐서 240만 원가량 썼다. 한국에서는 식당에 매여 사느라 제대로 돈을 써 본 적이 없기 때문에 그들로서는 한 달 생활비로 적지 않은 금액이었지만, 두 사람의 추억거리를 만드는 일이었기에 돈이 아깝지 않았다.

하지만 한국으로 돌아오기 이틀 전부터 다시 걱정이 몰려왔다. 떠나 있는 동안 단골손님들의 마음이 완전히 떠난 것은 아닐지, 동네 사람들로부터 듣기 싫은 소리를 듣게 되지는 않을지 마음이 쓰였다.

우려한 대로였다. 여행을 다녀온 이틀 뒤인 12월 5일 다시 문을 열었지만 한동안 손님이 뜸했다. 당연한 일이었다. 부부의 식당은 단골들의 일상에서 한 달 동안 배제되어 있었기에 그것을 회복하려면 시간이 필요했다. 유 씨는 이게 자영업자의 숙명이구나, 생각했다. 항상 그 자리를 지키면서 손님들의 낯익은 일상 속에 굳건히 자리 잡아야 하는 것, 그것이 동네 식당에 부여된 의무이자 약속이었다.

예전의 단골손님들이 다시 찾기 시작한 것은 다음해 2월 무렵부터였다. 여행을 다녀온 뒤로 식당에 파리만 날린 건 아니지만 매출에 구멍이 생길 수밖에 없었다. 또 식당이 자기 건물이 아니기 때문에 여행을 떠난 한 달 동안의 임대료도 내야 했다. 경제적 손실이 컸다. 그러니까 부부의 여행 경비는 캄보디아를 다녀오면서 쓴 240만 원이 전부가 아니었다. 한 달 임대료와 구멍 난 매출이 모두 한 달 동안의 여행 경비였다.

2013년에 부부는 여행을 떠나지 못했다. 그러나 2014년 봄, 부부의 식당 벽면에는 또 다시 안내문이 붙었다. '4월 29일부터 6월 2일까지 휴업합니다. 저희 부부는 한 달간 여행을 다녀오고자 합니다. 저희 가게를 찾아 주시는 손님 여러분의 건강과 행복을 기원합니다.'

식당의 매출을 따져 보니 5월이 가장 부진했다. 그래서 여행 기간을 5월로 잡았다.

식당 문을 연 지 8년째, 부부는 60대 중반을 넘어서 있었다. 빚을 갚느라 많은 돈을 모으지는 못했고 노후도 불안했지만, 유 씨는 더 이상 미룰 수 없다고 생각했다. 이대로 일만 하다가 늙을 수는 없었다. 그리고 자신들의 라이프스타일을 언젠가는 동네 이웃들도 인정해 주리라 믿었다. 이후로 부부는 매년 5월 한 달 동안의 여행을 떠났다.

내가 유 씨 부부에 대해서 안 것이 2018년 초였다. 그 동네에 살고 있는 정보원(?)으로부터 사연을 듣고는 인터뷰 요청을 했다. 하지만 유 씨는 한사코 정식 인터뷰를 거절했다. 두 가지 이유를 들었다. 예전에 사업 부도를 내면서 피해를 준 사람들이 많았다고 한다. 금전적으로 빚을 다 갚기는 했지만, 당시의 피해 때문에 어려운 처지에 빠져서 헤어나지 못한 분들이 여럿 있다고 했다. 자신의 삶이 부끄럽지는 않지만, 자기네 부부가 여행이나 다니는 것으로 오해를 사고 싶지 않다는 것이 한 가지 이유였다. 두 번째 이유는 곧 식당 문을 닫을 것이기 때문이라고 했다. 두 사람 다 이제 일흔을 넘겼다. 오랫동안 식당을 찾아 준 손님들 덕분에 유 씨는 자신 명의의 조그마한 집도 마련했고, 저축도 좀 했다고 한다. 여생을 보내기에 충분하지는 않지만, 장성한 두 자녀가 조금이나마 생활비를 보태 주겠다고 해서 용기를 냈단다. 부부는 그동안 못했던 공부도 좀 하고 책도 실컷 읽고 싶다고 했다. '일 년에 한 달의 여행'도 계속 지킬 것이라고 했다. 유 씨 부부는 여행지를 물색하고 정보를 얻는 등의 준비를 하는 시간이 즐겁다고 했다. 그리고 항상 설레는 마음으로 살아간다고 말했다.

2019년 들어 글을 정리하면서 기억이 떠올라 유 씨 부부의 이야기를 들려주었던 지인에게 그 식당이 어떻게 되었느냐고 물었다. 그날 저녁 일부러 시간을 내어 그곳을 찾아갔던 지인은 다음날 그 자리가 카페로 바뀌었다는 소식을 전해 주었다.

유 씨 부부의 한 달 여행은 굉장히 특별한 사례였다. 식당을 운영하는 사람이 짧지 않은 기간 동안 자리를 비운다는 것은 대단히 어려운 일이다. 잘되는 식당일수록 연중무휴로 돌아간다. 하루치 매상이

우리는 가장 아름다웠던 때를
과거의 시간 속에서 찾으려 한다.
하지만 아는가?
당신의 가장 아름다운 날은
아직 오지 않았다.

만만치 않은 만큼 하루를 쉬면 손실이 크게 느껴지기 때문이다. 더군다나 유성현 씨는 부도를 맞고 빚을 갚느라 오랫동안 재산을 모으지 못했다. 그런 상황이라면 돈에 대한 욕구가 더 커질 수밖에 없다. 그런데도 과감한 결정을 내리고 여유로운 노년을 살아가고 있는 유성현 씨 부부에게 박수를 보내 드리고 싶다. 연락이 닿지는 않지만 올해에도 부부는 어느 낯선 도시에서 유목 생활을 하고 있을 것이다. 고풍스럽고 한적한 어느 마을의 골목길을 손을 마주 잡은 채 걷고 있는 부부의 모습을 상상하는 것만으로도 나는 즐겁다.

비슷한 사례가 하나 더 있다. 남출호(가명) 씨는 코딱지만 한 공장을 운영했다(남 씨의 표현이다). 우산과 비옷의 바느질한 부분으로 물이 새지 않도록 방수 처리를 하는 공장인데, 직원은 아내까지 합쳐서 세 명이었다. 아내를 제외한 두 명의 직원은 벌써 이십 년 넘게 함께 일하고 있었다. 경기를 많이 타는 업종이어서 매출이 롤러코스터를 탔지만, 신뢰를 쌓은 거래처가 탄탄해서 남들 버는 만큼은 벌었다.

문제는 항상 납기일이 빠듯하고 업무량이 많으며 만성적인 일손 부족에 시달린다는 점이었다. 새 직원을 들이고는 했지만 숙련된 기술이 필요한 일의 성격상 기존 직원들과 손발이 맞지 않았다. 일이 손에 익을 때까지 기다려 주겠다고 해도 신입 직원이 버티지 못했다. 그래서 남 씨는 명색이 사장이면서도 직원들이 일에 집중할 수 있도록 뒷

바라지하느라 갖은 허드렛일을 해야 했다. 모르는 사람이 보면 딱 숙련공 밑에서 일을 배우는 나이 든 도제였다. 당연히 공장을 비울 수가 없었다. 남 씨는 힘들어하면서도 자신이 헌신적으로 일한다는 사실에 자부심을 갖고 있었다.

그런데 직원들의 반응은 정반대였다. 사장인 남 씨 때문에 능률이 떨어진다는 것이었다. 아내인 한현자(가명) 씨가 특히 그랬다. 워낙 오랫동안 함께해 왔기에 사장이 부산을 떨어도 직원들은 웬만해서는 눈치를 보지 않았다. 하지만 신입 직원은 입장이 달랐다. 사장이 하루 종일 작업장 여기저기를 헤집으며 부지런을 떨어 대니 신입 직원으로서는 안절부절못할 수밖에. 직원들의 말에 의하면 신입 직원이 오래 붙어 있지 못하는 이유 가운데 하나가 사장인 남 씨의 과도한 근면함 때문이었다. 아내인 한현자 씨의 말, "저 사람이 하도 호들갑을 떨어 대니까 신경이 쓰여서 일을 못하겠다니까!"

남출호 씨는 아내와 직원들의 말에 엄청난 충격을 받았다. 자신은 공장을 위해 최선을 다하고 있다고 믿었는데, 그걸 공장 가족들이 불편해하고 있었다니! 그날 이후 며칠 동안 남 씨는 공장에 나가지 않았다. 단단히 삐친 것이었다. '너희들끼리 얼마나 잘하나 두고 보자.'

그런데 공장은 아무 탈 없이 잘 돌아갔다. 큰일이 났다는 비상 호출을 은근히 기다렸지만, 직원들은 작정이나 한 듯 그를 찾지도 않았다.

남 씨는 그게 더 못마땅해서 점점 더 심사가 뒤틀렸다. 딱 4일을 버틴 뒤에 공장에 나가 다 들으라는 듯 말했다. "에이, 그동안 괜히 열심히 했네. 앞으로는 놀러나 다녀야지."

이게 2014년의 일이다. 이후로 남출호 씨는 공장의 체질 개선에 들어갔다. 먼저 숙련된 직원의 보조 역할을 할 신입 직원 두 사람을 뽑고, 관리 업무를 맡아 온 아내를 대신할 파트타임 직원도 한 명 뽑았다. 대신 아내는 일손이 바쁠 때 언제고 투입되었다. 새 식구가 된 직원 세 명 중 두 명은 다문화 가정의 외국인 주부였다. 남 씨는 공장에 있기보다는 새로운 거래처를 트는 일에 뛰어들었다. 본격적으로 영업에 나선 것이었다. 작업장에 가면 다 자기 손이 가야 할 것만 같아서 특별한 일이 없는 한 되도록 출입을 삼가게 되었다.

2017년에 남 씨의 공장은 직원이 아홉 명으로 늘었다. 신규 거래처가 여럿 뚫리면서 매출도 크게 신장되었다. 조금 억척스럽게 뛰면 사업을 더 키울 수 있겠지만, 남 씨는 딱 거기까지가 자신의 그릇이라고 생각했다. 대신 좀 여유롭게 살기로 했다.

"한 달간 자리를 비우겠습니다."

2018년 초에 그는 직원들에게 이렇게 공표했다. 아내와 상의하여 장기 휴가를 갖기로 했다. 신혼여행 때 가보았던 제주도에 머물면서 샅샅이 훑어보았다. 은퇴하지 않았으니 은퇴 유목이라 할 수는 없지만, 여행의 본질이 크게 다르지 않다. 물론 믿음직한 직원들이 있기에 가능한 일이었다.

남 씨 부부는 2019년 올해에는 더 구체적인 '유목 생활'을 계획하고 있다. 남 씨는 동남아를(한국보다 비용이 적게 든다는 이유로), 아내인 한현자 씨는 우리나라의 전라도 일대를 원하고 있는데 아직 합의를 보지는 못했다고 한다. 남출호 씨는 올해 우리나라 나이로 예순둘이다. 남 씨 부부는 본격적인 은퇴 유목의 출발점에 서 있다.

동남아시아에서 한 달,
얼마면 될까?

이제 은퇴 유목의 세계로 좀 더 깊이 들어가 보자. 우선 그 전에 1년에 40일 동안 태국에서 원 없이 골프를 즐기면서 지내는 김일권·정순영 씨 이야기를 다시 할 필요가 있을 것 같다. 골프 좋아하는 주변 사람들에게 김 씨 부부에 대해서 이야기하면 한결 같은 반응을 보인다. "그래서 40일 동안 얼마가 들었대?"

정확한 비용을 공개하겠다. 40일간의 골프 여행을 하는 데 들어간 총 경비는 부부의 왕복 항공료를 포함해서 450만 원이다. 주변 사람들에게 이 금액을 알려 주면 또 한결 같은 반응을 보인다. "에이, 뻥치지 말고."

뻥 아니다. 나도 김 씨 부부에게서 비용에 대해 듣고는 깜짝 놀랐다. 김일권 씨가 비용 내역을 알려 주었는데, 너무 단출해서 따로 메모를 할 필요도 없었다.

먼저 항공료. 부부 왕복 60만 원 정도가 들었다고 한다. 저가 항공을 이용했고, 미리 항공권을 예약했다. 여기에 40일 동안 호텔에서 머물며 골프를 즐기는 데 들어간 비용이 390만 원이다. 왜 400만 원이 아니고 390만 원일까 곰곰이 생각해 보니, 이동하는 시간을 빼고 실제로 호텔에서 머무르는 기간이 39일이기 때문이라는 결론이 나왔다. 그러니까 1박에 10만 원인 것이다. 물론 세 끼 밥값도 포함되어 있다.

앞서 이야기했듯 부부는 관광을 즐기지 않기 때문에 따로 돈을 쓰는 일이 없다. 하루 세 끼 식사는 호텔에서 제공하고, 골프 비용은 공짜다. 그러니 왕복 항공료 60만 원과 숙식비 390만 원이 비용 내역의 전부다. 합쳐서 450만 원.

이 호텔에는 약 200명이 동시에 숙박할 수 있는데, 한국인이 대부분이다. 그래서 한국의 여행 성수기인 7~8월에는 전체적으로 비용이 조금 오른다고 한다. 김 씨 부부는 비용을 낮추기 위해 주로 비수기인 4~5월이나 9~10월에 이곳을 이용한다.

김 씨 부부의 골프 여행 경비를 40일이 아니라 한 달(30일)로 조정하면 360만 원이 된다. 그래서 부부에게 한국에서의 한 달 생활비가 어느 정도 되는지 물었다. 부부의 답은 "약 250만 원"이었다. 친지나 친구들의 경조사에 내는 돈, 세 끼 식사 준비에 들어가는 식재료비, 소소한 용돈, 구청 문화센터를 이용하는 비용 등이 포함된 금액이다.

"골프 여행에 드는 돈이 국내에서 한 달 사는 생활비보다 크게 높지는 않아요. 한 달 생활비보다 더 들기는 하지만, 평소에 생활비를 조금 덜 쓰면서 절약하면 그 정도는 마련할 수 있습니다."

두 사람은 연금 생활자다. 퇴직 연금과 국민연금, 연금형 저축, 주택 연금이 모여서 300만 원 조금 안 되는 금액을 수령하고 있다. 생활비로 쓰고 남는 돈은 적금으로 붓고 있다.

"그런데 아무도 생각 못하는 게 하나 있어요." 정순영 씨가 덧붙였다. "가사 노동비요. 태국에 있는 동안에는 집안일을 안 하기 때문에 눈에 보이지 않는 소득이 발생하는 셈이에요. 돈으로 계산되지 않는 것까지 포함하면 태국에서 지내는 생활비가 더 싼지도 몰라요."

그랬다. 정년퇴직을 하면서 그동안 힘을 쏟아 왔던 '업무'는 끝이 나지만 가사 노동은 그렇지 않다. 음식 장만과 청소, 빨래는 정년퇴직이 없다. 이러한 활동을 노동 비용으로 환산하면 우리의 생활비는 훨씬 높아진다. 그러니 정순영 씨의 무노동 기간이 한편으로는 '소득'인 셈이다.

바로 앞의 글에서 유성현 씨 사례를 살펴보았다. 6년 동안 거의 하루도 쉬는 날 없이 애쓰면서 빚을 다 갚은 노고를 스스로 치하하기 위해 부부는 한 달 동안 캄보디아의 씨엠렙을 다녀왔다. 이때 든 비용이 240만 원이었다. 처음 만난 이후로 다시는 부부를 보지 못했고, 만난 당시에도 자세한 이야기를 들을 수 없어서 여행 경비 240만 원이 어떻게 나온 것인지 알 수가 없었다. 그래서 각종 여행 정보를 바탕으로 추산해 보기로 했다. 한 가지 유념해야 할 점은 부부가 캄보디아에 다녀온 때가 2012년이기 때문에 2019년 현재와는 물가 차이가 날 수 있다는 사실이다.

항공권을 2~4개월 전에 끊는다면, 씨엠렙까지 1인당 왕복 30만~40만 원에 가능하다. 높은 금액으로 했을 때 부부의 왕복 항공료는 80만 원이 된다. 그리고 한 달 동안 한 곳에서만 숙박을 한다면 30만 원부터 다양한 가격대의 숙소를 찾을 수 있다. 씨엠렙에서 10일을 머물고, 다른 곳으로 옮긴다 해도 한 달 동안의 숙박비는 70만~90만 원에 해결할 수 있다. 유성현 씨 부부가 그랬던 것처럼 게스트하우스도 괜찮다면 비용은 더 떨어진다. 게스트하우스에 따라 가격이 다양하지만 부부가 함께 묵어도 1박에 1만~2만 원인 곳이 많다. 장소를 자주 옮길 계획이라면 게스트하우스에서 며칠, 호텔에서 며칠 지내는 식으로 일정을 짜면 된다.

자, 이렇게 항공료와 숙박비까지 해서 최대 170만 원을 넘지 않는다. 게스트하우스 등을 적극 활용한다면 현실적인 선에서 항공료와 숙박비를 130만 원까지 낮출 수 있다. 유 씨 부부가 어떤 식으로 항공권을 구하고 숙소를 정했는지 알 수 없지만, 소요된 총 비용 240만 원이 결코 낮은 금액이 아니라는 사실을 알 수 있다. 그때와 지금의 물가 차이를 감안한다면, 더욱 그렇다. 그러니까 유 씨 부부가 무조건 아끼면서 덜 쓰는 방향으로 여행을 한 것은 아니었던 것이다.

은퇴 유목을 하는 동안 경비를 아끼자면 얼마든지 줄일 수 있다. 하지만 은퇴 유목은 여행이지 고행이 아니다. 비용 걱정에, 또 효율을 따지면서 너무 줄이는 방향으로 계획을 세우면 은퇴 유목을 통해 얻고자 하는 것을 얻을 수 없다. 젊을 때야 그렇게 할 수도 있겠지만, 나이 들어서 그러면 병난다. 한 달 여행이 지긋지긋해져서 다시는 떠나고 싶은 마음이 생기지 않을 수도 있다. 그러니 한국에서의 한 달 생활비를 감안해서 현실적으로 지출 계획을 세워야 한다. 하지만 이 책을 읽는 독자들께서 한 가지는 아셨을 것이다. 바다 건너 외국에서 살아도 한국에서의 생활비보다 크게 높지는 않다는 사실! 자, 이런 마인드를 갖고 동남아시아를 조금 더 둘러보자.

동남아시아에는 역사의 숨결을 느낄 수 있는 곳이 많다. 한때 화려한 문명을 자랑하다가 쇠락한 유적지를 돌아보다 보면 감정이 묘해진다. 우리나라의 경복궁이나 경주의 왕릉을 돌아보는 것과는 전혀 다

여행은 단순히
우리가 생활하는 공간을 옮기는 것이 아니라
생각과 시야를 바꾸어 준다.
때문에 나이가 들수록
더욱 더 여행을 해야 한다.

른 경험을 할 수 있다.

우리나라와 비교적 가까운 인도차이나반도에 특히 고대 유적지가 많다. 캄보디아에는 세계 최대의 종교 유적지인 앙코르와트가 있고, 주변 지역에 또 다른 종교 유적지인 앙코르톰도 있다. 이들 유적지를 오갈 수 있는 씨엠렙 주변에는 거대한 호수가 형성되어 있어서 다양한 수상 레저와 수변 생활을 즐길 수 있다. 비용은 유 씨 부부의 여행을 추정하면서 살펴본 금액이면 충분하다.

여기에서 태국으로 넘어간다면 크메르 왕국의 유적지를 접할 수 있다. 태국 북부 치앙마이에는 사원 전체가 황금색으로 뒤덮인 도이수텝이 있다. 한 달 일정으로 은퇴 유목을 한다면 캄보디아와 태국 두 나라의 유적지를 두루 돌아볼 수 있다.

처음부터 태국 치앙마이로 입국한다면, 인접한 라오스와 미얀마 일대 지역인 일명 '골든트라이앵글' 지대를 돌면서 트레킹을 하는 것도 가능하다. 체력이 허락한다면 5~10일 일정으로 트레킹을 하면서 자연에 흠뻑 빠져 보는 것도 좋을 것 같다.

캄보디아와 태국은 물가가 낮아서 생활비가 적게 든다. 호텔 레스토랑에서 식사를 한다면 1인당 5만 원 이상을 각오해야 하지만, 현지인들이 즐겨 찾는 대부분의 식당에서는 1인당 5,000원을 넘지 않는다. 볼거리가 풍부하면서도 물가가 낮은 점은 전 세계 배낭여행객이 많이 찾는 이유 가운데 하나다. 세계 곳곳에서 온 여행객들과 어울리면서 새로운 문화를 경험할 수 있다는 점 역시 이 지역의 매력이다.

여행자를 위한 해외 사이트에 따르면 태국의 휴양 도시인 후아힌에서 한 달 지내는 생활비가 1,000달러(113만 원) 내외 수준이다. 수상 레저 비용을 추가해도 1,500~1,700달러(170만~190만 원)면 충분하다고 한다. 우리나라에서 출발하는 부부의 왕복 항공료(저가 항공을 몇 개월 전에 예약하면 2인 왕복 40만~60만 원)까지 포함해도 250만 원이면 충분하고, 300만 원이면 넉넉하게 한 달을 지낼 수 있다.

만약 한 달 은퇴 유목을 하면서 더 많은 나라를 돌아보고 싶다면 베트남까지 방문해 보는 것도 좋을 것이다. 베트남에서의 생활비 역시 인근 국가들과 비슷하다. 게스트하우스 같은 곳을 이용한다면 부부가 1박에 2만 원 이내로 해결할 수 있다. 현지인이 이용하는 식당에서 부부가 함께 식사를 할 경우 한 끼에 1인당 5,000원 내외면 충분하다.

베트남은 과거에 프랑스 식민지였다. 수도인 하노이는 식민지 시절에도 수도였다. 그래서 아직까지도 프랑스 문화의 흔적이 많이 남아 있다. 특히 구시가지인 올드쿼터에서는 프랑스의 정취를 흠씬 느낄 수 있다. 중부로 내려오면 최대 휴양 도시인 다낭을 만날 수 있다.

베트남은 국토 모양이 남북으로 길고 북쪽과 남쪽의 문화적 특색이 다르기 때문에 굳이 다른 나라에 가 보지 않아도 한 달 동안 은퇴 유목을 하면서 다양한 문화를 경험할 수 있다. 베트남 한 지역에 베이스캠프를 마련하고 국토를 종단하거나 아니면 남에서 북으로, 또는 북에서 남으로 훑으며 여행을 하는 것도 좋을 것이다.

동남아시아에서 은퇴 유목을 할 계획이 있다면, 300만 원 내외의 비용으로 충분하다. 일정을 꼼꼼하게 짠다면 비슷한 비용으로 인도차이나반도의 여러 나라를 경험할 수 있다.

중남미의 파나마와 카리브해에서
은퇴 유목을

아직 우리나라에는 은퇴 유목이라는 노년의 라이프스타일이 정착되지 않아서 경험자가 많지 않고 정보도 부족하다. '은퇴 유목'이라는 콘셉트로 여행사가 상품을 기획하려 해도 여행사로서는 그다지 이익이 남는 아이템이 아니기 때문에 쉽게 손댈 수 없을 것 같다. 당분간은 직접 장소를 물색하고 계획을 짜는 고생을 피할 수 없을 것이다.

시간이 지나면서 경험자가 늘어나고 정보와 노하우가 쌓일 것이다. 하지만 타인의 경험을 내 것으로 만들기보다는 자기만의 스타일로 은퇴 유목을 즐기는 것이 좋지 않을까? 은퇴 유목의 행복은 여행을 하는 한 달 동안에만 느낄 수 있는 게 아니다. 준비하는 과정의 즐거움과 설렘 또한 행복의 큰 비중을 차지한다.

이 책을 쓰면서 가장 어려운 점이 정보 부족이었다. '해외에서 한 달 살기'를 실행하고 있는 분들이 꽤 있었지만, 이 책에 부합하는 내용이 아니어서 장시간 인터뷰를 하고도 책에 싣는 것을 포기한 경우도 많았다. 그래서 도움을 얻은 것이 해외의 이민 정보 사이트다. 먼저 미국의 인터내셔널리빙닷컴InternationalLiving.com이라는 사이트를 같이 들여다보자.

이 사이트는 세계 여러 국가를 대상으로 생활비 수준이나 기후, 의료 수준 등을 고려해 '은퇴 생활을 하기에 좋은 국가'의 순위를 발표하고 있다. 물론 이 사이트가 선정한 국가가 대한민국 은퇴자들이 살기 좋은 곳이라는 뜻은 아니다. 미국 사람 입장에서 문화적 동질감, 인접성 등을 고려해서 순위를 매겼을 것이기 때문이다. 그래도 물가 수준이나 공간의 쾌적함 등을 판단해 보는 자료로 활용할 만한 가치가 충분하다. 한국인에게 낯선 곳이 많아서 신선한 느낌도 준다.

매년 조금씩 순위가 변동하지만, 해마다 큰 차이를 보이지는 않는다. 여기서는 2016년 데이터를 바탕으로 이야기를 풀어 가겠다.

이 사이트에서 은퇴자들이 가장 살기 좋은 곳으로 선정한 나라는 파나마였다. 2위는 에콰도르, 3위는 멕시코, 4위는 코스타리카였다. 모두 미국과 가까운 중남미 국가들이다. 우리가 가까운 동남아시아를 선호하는 것과 같은 이치다.

다양한 경험을 할 수 있다는 것이 파나마의 가장 큰 장점이다. 푸른 언덕이 이어지는 길을 따라 트레킹을 할 수 있고, 나무가 우거지고 야생 동물이 살고 있는 숲 지대를 탐험할 수도 있다. 해변에서 게으르게 시간을 보낼 수 있고, 전통 시장 등에서 중남미만의 독특한 문화를 체험할 수도 있다. 파나마는 다양한 모습을 갖추고 있어서 선택지가 많다. 관광지다 보니 현지인들이 외국인에게 친절하다. 은퇴 유목 후보지 리스트에 올려 두어도 좋을 것 같다.

파나마는 원래 콜롬비아의 한 주였다. 1903년 모국으로부터 독립했다. 남아메리카와 북아메리카를 잇는 지리적 이점으로 인해 북미와 남미의 특색을 동시에 느낄 수 있다. 태평양과 대서양을 연결하는 파나마 운하로도 유명하다. 파나마 운하는 64킬로미터에 이르는 대형 운하로, 통과하는 데만 8시간이 걸린다. 파나마 운하는 운송 산업에서도 중요한 위치를 차지하지만, 관광지로도 손색이 없다.

파나마에서 은퇴 유목을 하기에 가장 좋은 도시는 수도인 파나마시티다. 파나마시티에는 과거 스페인의 지배를 받았던 흔적이 남아 있는데, 현대로 접어든 이후에 들어선 빌딩과 동양풍의 시장 등과 조화를 이루고 있다.

파나마시티 주변에 머문다면 근처의 카리브해로 여행을 떠나는 것도 시도해 볼 만하다. 파나마 북서부에 있는 보카스델토로섬은 파나마 제일의 휴양지로 꼽는다. 주변에 수많은 섬들이 떠 있어서 보트를 타고 이곳저곳 다닐 수 있고, 해양 스포츠도 마음껏 즐길 수 있다.

그렇다면 파나마에서 한 달 동안 사는 데 드는 비용은 얼마일까? 위에서 소개한 사이트에 올라온 여행자들의 경험담을 토대로 추산하겠다.

숙소를 빌리는 비용은 한 달에 1,500달러(170만 원)를 넘지 않는다. 도심을 기준으로 한 비용이기 때문에 외곽으로 나가면 숙소 임대료는 1,000~1,200달러(125만~135만 원)까지 떨어질 수 있다. 전기와 수도, 쓰레기 수거, 인터넷, 휴대전화 카드를 포함한 기본 공과금이 한 달에 100달러(12만 5,000원) 정도. 한 여행자는 "(숙소 임대료를 제외하면) 750달러(85만 원) 정도로 부부가 한 달을 사는 데 아무런 문제가 없다."라는 글을 올렸다.

이 사이트의 내용이 사실이라면 숙소 임대료를 포함해도 부부의 한 달 은퇴 유목에 드는 비용이 적게는 1,750달러(197만 원)에서 많게는 2,250달러(253만 원)다. 그러니까 평균으로 잡아서 2,000달러라고 하자. 우리 돈으로 환산하면 225만 원이다.

하지만 이 비용은 먹고 자고 씻는 등의 기본적인 생활에만 드는 금액이다. 좀 더 고급지게 다양한 문화적 경험까지 곁들이고자 한다면 비용이 올라갈 것이다. 이런 부분까지 포함한다면 300만 원까지 비용

사람을 젊게 만드는 것이
두 가지 있다.
하나는 사랑하는 것,
나머지 하나는 여행하는 것.

을 책정해야 한다. 중남미의 파나마에서는 300만 원 내외, 이렇게 머릿속에 입력해 놓자.

그런데 아직 항공료는 이야기하지 않았다. 지구 반대편에 위치한 만큼 항공료가 비쌀 수밖에 없다. 6개월 정도 일찍 파나마시티행 항공권을 구입한다 해도 1인당 왕복 150만~200만 원이다. 부부 기준으로 왕복 항공료만 300만~400만 원이 필요하다. 따라서 부부가 파나마에서 한 달 동안 은퇴 유목을 하는 총 경비는 600만~700만 원이 된다. 대한민국 직장인의 두 달 월급에 해당하는 금액이다. 만약 파나마에서 은퇴 유목을 하고자 한다면, 몇 해는 최저 비용으로 은퇴 유목을 하면서 돈을 모으는 형태로 장기적인 관점에서 접근해야 한다.

인터내셔널리빙닷컴이 소개하는 다른 나라도 한번 살펴보자. 아시아 국가로는 말레시아가 5위, 태국이 7위에 올라 있다. 유럽 국가로는 스페인(9위)과 포르투갈(10위)이 10위권에 올랐다. 지중해의 섬나라이면서 유럽에 속한 몰타는 11위다.

이 사이트에서는 캄보디아, 니카라과, 페루 등의 국가에서 한 달 사는 데 드는 비용이 소개되어 있는데, 내가 생각한 것보다 적었다. 과테말라에서는 숙박비와 생활비를 합쳐서 한 달에 1,500달러(170만 원), 페루에서는 1,000~1,200(112만~135만 원)달러 정도다. 캄보디아의 수도 프놈펜에서는 숙소를 포함한 모든 경비가 200~300달러에 불과하다. 믿기지 않는다. 아마도 프놈펜에 대해서는 실수가 있지 않았나 의심이 든다.

한 가지 감안해야 할 것은 이 사이트는 '이민'을 전제로 하고 있다는 점이다. 여행객의 입장이 아니라 현지인의 입장에서 생활비를 추산했기 때문에 은퇴 유목을 하는 동안에는 비용이 높아질 수 있다. 이민을 간 사람은 현지에 도착한 초기에는 이것저것 둘러보고 구경하고 경험하느라 여행객처럼 살지만 서서히 그곳이 익숙해지면 별도의 새로운 경험을 하는 데 돈을 들이지 않는다. 그래서 생활비가 여행객보다 낮을 수밖에 없다.

이런 점을 감안하더라도 중남미에서의 은퇴 유목에 드는 비용이 도저히 실행하기 힘든 정도로 높지는 않다. 앞서 말한 대로 장기적으로 계획하여 조금씩 다가간다면, 나의 세계가 더욱 확장되는 경험을 하게 될 것이다.

남아메리카 에콰도르의 쿠엥카에서
한 달 살기

해외 사이트 한 곳을 더 소개하겠다. liveandinvestoverseas.com 이다. 사이트 명칭을 우리말로 풀면 '해외overseas에 살면서live 투자하라 invest'다. 이들이 말하는 '투자'란 실제로 돈을 투자하라는 뜻도 있겠지만, 그보다는 자신의 인생에 열정을 쏟으라는 뜻으로 해석하는 것이 옳을 듯하다.

이 사이트는 은퇴자의 경제 수준에 맞추어 선택할 수 있도록 물가 수준별로 도시 리스트를 정리해 놓은 자료를 제공하고 있다. 이 자료가 100% 옳다고 볼 수는 없지만, 은퇴 유목 경비를 추산하는 데에는 어느 정도 도움이 될 것이다.

이 자료에 의하면, 한 달에 1,000달러 미만으로 생활할 수 있는 도시가 의외로 많다. 에콰도르 쿠엥카, 니카라과 그라나다, 태국 치앙마이, 필리핀 세부의 올랑고섬 등이 해당한다. 포르투갈 알가르베, 콜롬비아 메데인, 아르헨티나 부에노스아이레스 등은 1,500달러로 한 달을 살 수 있고, 스페인 바르셀로나 등에서는 월 생활비 2,000달러 미만으로 지낼 수 있다.

이 가운데 물가가 싼 지역 중 하나인 에콰도르 쿠엥카를 살펴보자. 스페인에도 쿠엥카라는 이름의 도시가 있으니 헷갈리지 마시길. 참고로 스페인 쿠엥카나 에콰도르 쿠엥카 둘 다 유네스코 세계 유산으로 지정되어 있다.

에콰도르 쿠엥카는 에콰도르의 3대 도시 중 하나이자 에콰도르에서 가장 살기 좋은 도시로 꼽힌다. 수도인 키토에서 남쪽으로 470여 킬로미터 떨어져 있다. 사방이 안데스산맥으로 둘러싸인 해발 고도 2,600미터의 고원 지대다. 일 년 내내 우리나라의 봄날처럼 따스하다.

최초로 이 도시를 건설한 이들은 잉카인이었다. 16세기 중반 스페인이 정복한 이후에는 철저한 도시계획에 따라 건설되었다. 때문에 잉카의 전통 문화와 근대 유럽의 문화를 동시에 체험할 수 있고, 인디오 원주민의 전통 생활을 엿볼 수도 있다. 도심에는 16세기부터 자리잡은 유럽풍 건축물이 즐비하다. 박물관도 많다.

나이가 들었다고 해서
꿈꾸는 것을 포기해서는 안 된다.
꿈이 멈추는 순간,
삶은 현재에 갇히고 만다.
지금 내게 주어진 것들에 감사하되,
더 행복한 시간이 오기를
더 나은 사람이 되기를
계속 꿈꾸어야 한다.

쿠엥카에 베이스캠프를 차리고 차츰 주변으로 활동 영역을 확대하는 방식이 좋다. 쿠엥카에서 30여 킬로미터 거리에는 국립공원이 자리 잡고 있다. 호수에서 낚시를 할 수도 있고 호숫가를 도는 트레킹도 즐길 수 있다.

쿠엥카에서 한 달 사는 데 드는 비용은 1,500달러면 넉넉하다. 우리 돈으로 약 170만 원이다. 이곳에는 1끼에 1달러가 안 되는 음식을 파는 식당이 많다. 여행객들은 대체로 2.5달러(2,800원) 정도 하는 음식을 많이 먹는다. 직접 요리를 한다면 식비 지출을 줄일 수 있다. 1달러만 주면 신선한 열대 과일과 채소류를 넉넉히 살 수 있다.

교통비도 저렴하다. 대중 버스는 보통 0.25달러(280원), 택시의 기본요금은 1.5달러(1,700원)이다. 대중교통이 발달해서 자동차를 빌릴 필요가 없다고 하지만, 만약 렌터카를 이용한다 해도 유지비가 그리 많이 들지 않는다. 기름 가격이 1갤런에 1.5달러 정도로 한국에 비해 턱없이 싸기 때문이다. 1갤런은 3.8리터 정도다.

숙박비는 어떨까? 가구가 비치된 아파트는 매달 400달러, 가구가 비치되지 않은 집은 300달러부터 가격이 시작된다. 그런데 이 금액은 1년 계약을 전제로 한 것이기 때문에 한 달 단위로 숙소를 사용한다면 금액이 조금 올라갈 것이다.

이 사이트는 실제로 쿠엥카에 머물고 있는 은퇴 부부의 한 달 생활비 내역을 공개하고 있다. 아파트 한 달 임대료가 450달러, 교통비가 50달러, 전기세 30달러, 전화료 20달러, 인터넷 사용료 45달러, 케이블 TV 사용료 30달러 등 잡다한 경비까지 소개하고 있다. 식비는 300달러, 영화와 공연 관람 등의 문화 활동비가 300달러다. 이렇게 해서 집계된 총액이 1,230달러(약 140만 원)다. 사이트에 올라온 데이터를 액면 그대로 받아들이지 않는다 하더라도 대략 150만~200만 원이면 넉넉하게 한 달을 살 수 있다는 결론이 나온다.

역시 문제는 항공료다. 부부의 왕복 항공료가 350만~400만 원 정도 필요하다. 티켓 현황을 살피면서 '땡 처리'나 '얼리 버드' 티켓을 구한다면 부부 왕복 항공료를 200만 원까지 줄일 수 있다. 항공 티켓은 노력을 많이 들이고 정보력이 강할수록 저렴하게 구입할 수 있다.

이렇게 저렴하게 항공권을 구입하려면 많은 노력이 필요하다. 이런 노력을 들이지 않고 일반적인 경로로 여행을 갈 경우 쿠엥카에서의 한 달 은퇴 유목 경비를 추정하면, 500만~600만 원으로 볼 수 있다. 비용의 절반 이상이 항공료다. 쿠엥카만 이런 게 아니라 아메리카, 유럽, 아프리카, 오세아니아 등 우리나라에서 멀리 떨어진 지역으로 갈 때는 항공료가 부담이 될 수밖에 없다.

항공료를 뽑겠다고 이왕 간 김에 서너 달 머물다 오자고 생각하는 분도 있을 텐데, 글쎄 그리 권하고 싶지는 않다. 노년기에 타국에서 오랫동안 생활하다 보면 문제가 생길 수 있다. 체력적인 문제뿐만 아니라 물이나 음식이 체질에 맞지 않는 등의 문제를 겪을 수도 있다. 은퇴 유목을 통해 새로운 경험을 하고 좋은 기억을 남길 수 있다면 그것으로 만족하자. 한 번 간 김에 뽕을 뽑자는 식으로 무리를 했다가 다시는 떠나고 싶어지지 않을 수도 있다.

지역이 어디이든 한 달을 사는 데 드는 비용은 크게 차이가 나지 않는다. 뉴욕이나 런던, 도쿄, 홍콩 등 물가가 살인적인 도시만 아니라면 대체로 한 달 체류 비용은 부부 기준으로 적게는 150만 원에서 많게는 300만 원이다. 여기에 항공료가 변수로 작용한다.

자, 세계 지도를 구해서 한번 펼쳐 보자. 비용과 거리 등을 감안해서 어디부터 공략할지 리스트를 작성해 보자. 당장은 한 세 군데 정도를 정해 보는 것이 좋다. 그러고 나면 갑자기 그 도시가 궁금해질 것이다. 전에는 없던 관심이 생겨날 것이다. 그렇게…… 세상은 점점 넓어지는 것이다.

유럽 서쪽 끝 포르투갈의 알가르베에서
동쪽 끝 터키의 이스탄불까지

이번에는 유럽으로 가 보자.

liveandinvestoverseas.com은 물가와 기후, 의료 수준, 치안 상태, 영어 사용 여부 등 여러 가지 요건에 점수를 매겨 각 나라의 도시를 평가하는데, 2015년에 A+를 받은 도시는 포르투갈의 알가르베가 유일했다. 어떤 매력 때문에 이처럼 후한 점수를 받은 걸까?

포르투갈은 유럽의 서쪽 끝인 이베리아반도에 있는 나라다. 알가르베는 포르투갈의 최남단에 위치하고 있다. 한 도시를 가리키는 게 아니라 포르투갈 최남단 지방 전체를 알가르베라고 부른다.

알가르베의 역사는 다소 복잡하다. 가장 먼저 페니키아 사람들이 이곳에 살았다. 그러다가 로마 제국의 속령이 되었고, 로마가 멸망할 무렵에는 게르만족의 지배를 받았다. 아라비아반도에서 출발한 이슬람 세력이 8세기 초반에 이베리아반도를 점령한 뒤에는 이슬람 세력의 통치를 받았다. 12세기에 기독교 세력이 이베리아반도에서 이슬람 세력을 쫓아낸 뒤에 포르투갈 왕국에 흡수되었다. 이처럼 복잡한 역사 때문에 알가르베 지방은 유럽 문화와 아랍계 이슬람교도인 무어인의 문화가 뒤섞여 있다. 그만큼 볼거리가 다양하고, 이국적인 정취가 강하다.

포르투갈 남쪽과 서쪽은 대서양과 맞닿아 있다. 알가르베는 지중해성 기후여서 여름에는 선선하고 겨울에는 따뜻하다. 유럽 사람들로부터 최고의 휴양지로 각광받는 이유 가운데 하나가 바로 이 온화한 날씨다. 더구나 알가르베의 해안가는 아름답기로 정평이 나 있다. 바닷가에서 망중한을 보내거나 낚시꾼으로 살아 보고 싶다면, 은퇴 유목후보 리스트에 올려도 좋을 것 같다.

유럽의 다른 대도시에 비해 집값이나 생활비가 싼 편이다. 위의 사이트에 따르면 한 달 생활비가 약 1,500달러, 우리 돈으로 170만 원정도다. 지중해와 대서양이 넘실대는 특급 휴양지에서 이 정도 비용으로 한 달을 지낼 수 있다니! 이게 정말일까?

검증해 보았다. 한 달 일정에 미리 예약하는 조건으로 여러 호텔 예약 사이트를 검색했다. 놀랍게도 이 지역의 숙박비가 굉장히 쌌다. 작

일상이 무료할 때 한번 상상해 보라,
낯선 땅의 거리를 걷고 있는 당신을.
그 상상 속의 사람은
지금의 당신과 전혀 다른 사람이다.
세상에 대한 호기심으로 눈을 반짝이고
꽃향기에 마음을 빼앗기고
낯선 사람에게도 친근하게 웃어 줄 수 있는
친절하고 쾌활한 사람….
어쩌면 그 사람이 진짜 당신인지도 모른다.

은 풀장을 갖춘 빌리지가 한 달에 60만 원인 것도 있었다. 1박에 2만 원 정도인 셈이다. 빌리지란 여러 채의 건물이 마당이나 수영장, 정원 등의 공간을 공유하는 연립 주택이라고 생각하면 된다. 우리나라의 빌라 형태가 아니라 단층이나 복층의 건물이 여러 채 모여 있다.

물론 비싼 집도 있다. 등급에 따라 가격도 천차만별이다. 하지만 나라면 가급적 저렴한 곳을 택하겠다. 관광을 하는 게 아니라 현지 주민의 삶과 함께 호흡하는 것이 은퇴 유목이니까. 숙소 비용을 줄여서 다른 곳에 투자하는 것이 더 낫다. 가령 포르투갈 남부 지방 일대를 돌아보는 여행을 하는 것이다. 아참, 항공료. 부부의 왕복 항공료는 예약 시점에 따라 1인당 100만~200만 원이다. 부지런히 검색하고 최소 2개월 전에 예약하면 100만 원보다 낮은 금액에도 항공권을 구할 수 있다. 그러니까 알가르베에서 한 달 동안 지내는 총 경비는 항공료에 따라 350만 원이 될 수도 있고 500만 원이 될 수도 있다.

지중해를 끼고 있는 또 다른 나라 이탈리아도 잠깐 들러 보자. 이탈리아의 맛깔스러운 음식과 전통 축제를 경험하고 싶다면 이탈리아 남부에 위치한 아브루초주가 제격이다. 매년 은퇴자가 살기 좋은 도시 상위권에 이름을 올리고 있다. 이탈리아 남부 지역은 요리의 본고장으로 통한다. 전통과 유서가 깊은 지역이어서 축제가 심심찮게 열리기 때문에 최소한 따분하지는 않을 것이다. 한 달 생활비는 알가르베와 비슷하다. 정말 더디게 흘러가는 삶을 누리고 싶다면 이탈리아의 중세 도시 아시시도 좋다. 얼마 전 그곳으로 장기 휴가를 떠난 친구의 말에 의하면 방 2개와 거실, 주방, 화장실, 조그마한 테라스가 딸린 집 한 채를 한 달에 110만 원에 통째로 빌렸다고 한다.

프랑스 도시로는 랑그도크와 파리의 마레 지구를 추천한다. 파리의 마레 지구는 17세기까지만 해도 귀족들의 주택가였다. 프랑스 혁명 중 도시가 많이 파괴되었지만, 1960년대부터 대대적인 재건 작업을 벌여 예전의 모습을 되찾았다. 마레 지구 중앙에는 보주 광장이 있고, 그 광장을 중심으로 박물관과 갤러리, 카페, 레스토랑 등이 곳곳에 자리 잡고 있다.

포르투갈 바로 옆에 있는 스페인의 바르셀로나와 그라나다, 그리스의 크레타섬, 슬로베니아의 류블랴나도 은퇴 후 살기 좋은 도시로 손꼽힌다. 유럽과 아시아 사이에 애매한 위치를 점하고 있는 터키의 이스탄불도 빼놓을 수 없다.

지금 언급한 도시들의 생활비는 대체로 알가르베와 비슷하거나 조금 높다. 항공료까지 더하면 적지 않은 비용이 소요되지만, 이들 지역 역시 장기적인 관점에서 계획을 세운다면 얼마든지 가능하다. 가장 중요한 사실은 외국에서 한 달 동안 사는 것이 꿈같은 일은 아니라는 점이다.

꿈꾸는 건 내 맘대로, 계획은 철저히!

인생은 길에서 시작되고 길에서 끝난다는 말이 있다. 실제로 자동차나 기차를 타고 오랜 시간 여행하다 보면 철학자가 된 것 같은 착각에 빠져들 때가 적지 않다. 광활한 자연을 보고 있으면 아웅다웅 다투는 인생사가 초라하게 느껴지기도 한다. 그런 여행을 끝내고 돌아오면 조금은 더 성장한 것 같아 뿌듯해진다.

이런 경험을 맛보고 싶다면 한 곳에 머물지 않고 계속 이동하는 형태의 은퇴 유목을 해 볼 수도 있다. 나만의 '로드 무비'를 찍는 것이다. 가는 곳마다 새로운 곳이니 진짜 유목민처럼 매 시간이 새롭게 느껴지지 않겠는가? 다만 체력적으로는 다소 힘에 부칠 수도 있으니 이런 식의 은퇴 유목을 하려면 평소 건강 관리를 남들보다 갑절은 해야 할 듯하다.

이런 식의 은퇴 유목은 정형화된 틀이 없다. 미국처럼 광활한 대륙을 자동차로 횡단할 수도 있고, 철도를 타고 시베리아를 관통할 수도 있다. 젊은이의 전유물처럼 여겨지는 유럽 배낭여행도 시도해 볼 만하다. 고대 유목민들의 이동 경로였던 실크로드나 스텝 지역에서의 트레킹에 도전해도 좋다. 산악인처럼 히말라야산맥을 넘을 수도 있고, 도보로 성지를 순례할 수도 있으며, 사람의 손길이 닿지 않은 오지를 탐험할 수도 있다.

경제적 여유가 정말로 넉넉하다면 세계 최고의 도시 중 한 곳을 골라 한 달 동안 살아 보는 것도 가능하다. 미국의 뉴욕, 영국의 런던, 프랑스의 파리, 일본의 도쿄……. 다만 이런 도시들은 물가가 상당히 비싸다는 점을 염두에 두어야 한다. 대부분 왕복 항공료를 제외하고도 한 달에 400만~500만 원 이상의 생활비가 들어가니까. 그래도 이런 메트로폴리스에서의 삶을 꼭 살아 보고 싶었다면 도전하지 말라는 법은 없다.

철저하게 낯선 곳에서 살아 보고 싶다면 일부러 한국인의 발길이 뜸한 곳을 은퇴 유목 지역으로 정할 수 있다. 세계의 오지를 찾아서 떠나는 것도 가능하고, '죽기 전에 살아 봐야 할 50대 도시' 같은 리스트에서 정해도 된다. 정말 중요한 것은 상상력에 있다. 여러분의 가습과 머리에 들어 있는 상상력을 마음대로 뛰어놀게 내버려 두라. 그리고 최종적으로 한두 곳을 정해 철저하게 계획하라. 그것이 은퇴 유목의 시작이다.

귀족 이민을 꿈꾸는 사람들…
꿈 깨!

이 책을 쓰는 동안 '은퇴 유목 전도사'에 빙의되었던 탓에 지인들과 갖는 술자리에서 자주 은퇴 유목을 화제로 올리고는 했다. 그러면 현실성이 없다고, 특히 비용을 어떻게 감당하느냐고 반박하는 이들이 많았다. 내가 조목조목 짚으면서 설명을 해 주면 수긍하는 사람도 있지만 여전히 '에이 설마?' 하는 눈초리로 미심쩍어하는 이도 있다. 내가 들었던 반박 중에 이런 게 있었다.

"해외에 나가는 게 좋다면 굳이 한 달만 떠날 필요가 있어? 기왕이면 대한민국보다 살기 좋은 곳으로 이민을 가는 게 낫지. 노인이 되면 체력도 많이 딸릴 텐데, 번거롭게 비행기 타고 왔다 갔다 할 게 아니라 필리핀 같은 곳에서 귀족처럼 살면 되잖아."

그럴 듯하게 들렸다. 동남아시아는 우리나라보다 물가가 싸고 이름난 휴양지가 많아서 오락거리도 풍부할 것이다. 나는 우리나라를 떠날 생각이 추호도 없지만 책을 쓰는 데 도움이 될 것 같아 좀 알아보았다.

실제로 2005년 즈음에 '동남아 귀족 이민'이라는 것이 유행했다. 책도 몇 권 나왔고, 이민 대행업체들이 이민 박람회를 열기도 했다. 여행사들은 동남아 여러 지역의 주택 현황과 생활을 미리 체험해 볼 수 있는 '이민 답사 여행'이라는 상품까지 내놓았다. 한국에서의 재산을 처분하면 동남아시아에서는 귀족처럼 살 수 있다는 뉴스가 확산되었다.

먼저 이것부터 생각해 보자. 은퇴 이후에 이민을 떠나려는 사람들은 왜 그런 생각을 하게 된 것일까? 평생을 한국에서만 살았으니 은퇴 이후에는 새로운 땅에서 제2의 인생을 살겠다는 사람이 있을 것이다. 또 어떤 이들은 대한민국이 질려서 떠나겠다고 마음먹었을 것이다. 교육, 정치, 취업 등을 비롯하여 여러 가지 사회 문제를 겪으면서 상처를 입은 분들이 많을 테니까. 이런 분들의 선택에 대해서 내가 할 말은 없다.

또 다른 이유로 생활의 질을 따지는 이들이 있다. 한국보다 경제 수준이 낮은 나라로 가서 화려한 은퇴 생활을 즐기겠다는 거다. 대상 지역으로는 동남아시아가 유력하다. 미국 사람들이 중남미에서 노년을 보내고 싶어 하는 것과 같은 이치다. 날씨가 온화하고 물가가 싸기 때문에 한국에서는 누리지 못한 고급스러운 생활을 즐길 수 있을 것이라고 생각한다. 뿐만 아니라 교육열이 높은 우리나라의 젊은 부모들 중에는 애들 영어 교육을 시키겠다고 이민을 떠나기도 한다.

만약 동남아시아로 은퇴 이민을 고려하고 있다면 '사실'과 '소문'을 제대로 구분해야 한다. 일부 이민 대행업체가 홍보하는 '동남아시아 귀족 이민'은 실상과 달라도 너무 다르다. 광고에 현혹되어 이민을 떠났다가 뒤늦게 후회하는 사람이 적지 않다.

'동남아 귀족 이민'을 내세우는 이들은 이렇게 홍보한다. 한 달에 200만 원 정도로 휴양지의 최고급 주택에서 가사 도우미까지 부리면서 살 수 있다고. 또 현지 물가가 싸기 때문에 골프를 비롯한 레저 스포츠도 저렴한 비용에 즐길 수 있다고. 이 말이 사실이라면 '귀족'까지는 아니더라도 '상류층'으로 살 수는 있을 것 같다. 대한민국에서 중·하류층으로 살면서 온갖 갑질에 마음 상했던 사람이라면 분풀이를 위해서라도 당장 이민을 떠날 것만 같다.

최근 들어 4050 세대를 중심으로 동남아 이민에 대한 관심이 다시 커지고 있다. 그만큼 한국 사회가 각박하고 살기 어려워졌다는 반증이다. 필리핀, 말레이시아, 태국 등 은퇴 후보지를 6~7일 정도의 일정으로 둘러보는 '답사 프로그램'도 부활했다. 참가비는 대략 200만 원 내외다. 찾는 사람이 꽤 있다고 한다.

자, 이제 팩트 체크에 들어가자.

일단 200만 원으로는 최고급 주택의 월 임대료를 충당할 수 없다. 아무리 우리나라보다 경제적으로 낙후된 나라라고 해도 대도시의 최고급 주택 임대료는 월 300만 ~400만 원 이상이다. 월 임대료 200만 원 정도의 임대 주택을 원한다면 도심을 벗어난 외곽으로 가야 한다. 동남아시아의 인건비 수준은 우리보다 많이 낮다. 그러니 가사 도우미를 고용하는 일은 경제적으로 크게 부담이 안 될 수 있다. 각종 자료에 따르면 가사 도우미의 월 급여는 30만 원 정도다. 도시 외곽의 좀 허름한 집에서 살아도 가사 도우미는 채용할 수 있을 것 같다.

그런데 고려해야 할 것이 있다. 동남아시아는 물류와 유통 시스템이 발달하지 않아서 외곽으로 나갈수록 공산품의 가격이 오른다는 사실이다. 게다가 전반적으로 전기 생산 시설이 빈약해서 전기료와 수도 요금 같은 공과금이 한국보다 3배 가까이 비싸다.

치안 상태도 상당히 열악하다. 도시 외곽으로 갈수록 범죄 발생률이 높다. 돈이 좀 있어 보이는 외국인은 종종 현지 갱단의 표적이 되기도 한다. 도심이라고 안전할까? 필리핀 마닐라의 경우 방 한 칸짜리 아파트 월세가 우리 돈 100만 원을 넘는다. 물가에 비해 꽤 비싼 편인데, 이유가 있다. 무장 경비원의 임금을 부담해야 하기 때문이다. 의료비가 턱없이 높은 것도 약점이다.

너무 겁을 주는 것 아니냐고? 그러면 다음 조건을 충족시킬 수 있는지 따져 본 뒤에 다시 고민해 보자.

현재 태국, 말레이시아, 필리핀, 피지 등 동남아시아와 남태평양의 여러 나라들이 한국의 은퇴자를 유치하기 위해 홍보를 하고 있다. 그런데 이들 나라들은 대부분 3,000만~9,000만 원의 예치금을 요구한다. 그리고 매달 250만~350만 원의 소득이 있어야 한다는 조건도 내걸고 있다.

이런 조건을 충족시킨다 해도 도심의 최고급 주택은 그림의 떡이다. 한국인 이민자 대부분은 비교적 생활비가 덜 들어가고 치안이 좋은 지역에서 산다. 일종의 단지가 형성되어 있어서 한국인 이민자 커뮤니티가 발달해 있고, 경비원 고용 비용을 공동으로 부담할 수 있어서 치안도 괜찮은 편이다.

그런데 이들 나라 대부분이 은퇴자들의 경제 활동을 금하고 있다. 소일거리나 용돈벌이를 위한 시간제 근무도 할 수가 없다.

동남아시아나 남태평양의 나라로 이민을 가려면 경제력이 뒷받침되어야 한다. 미국이나 캐나다, 유럽 등으로 이민하려면 더 많은 돈이 필요하다. 이를테면 미국은 투자 이민을 받아들이는데, 이때 필요한 최소 금액이 50만 달러, 우리 돈으로 6억 원 정도다.

어떤가? 아직도 은퇴 이민이 매력적으로 다가오는가? 도저히 대한 민국에서 살 수 없는 상황이라면 어쩔 수 없겠지만, 안락하고 화려한 여생을 목적으로 은퇴 이민을 꿈꾼다면 환상부터 싹 걷어내고 냉철 하게 바라보아야 한다. 당장의 현실이 고달프다고 해서 섣부른 결정 을 내려서도 안 된다.

은퇴 이민에 성공하더라도 잃는 게 있다. 지금까지 한국에서 살면 서 쌓아 온 인적 네트워크와 한국만의 문화 같은 것은 잊어야 한다. 나 이든 사람이 대접을 받아야 한다는 경로사상 따위는 싹 지워라.

친구가 없어 외로워지는 문제나 어른 대접 못 받는 것 정도는 이겨 낼 수 있다고? 각오하고 있다고? 하지만 다음 사항에 대해서는 고민 하지 않을 수 없을 것이다. 바로 건강보험 제도다.

우리나라의 건강보험 시스템은 전 세계를 통틀어 가장 뛰어나다. 우리의 시스템을 벤치마킹하려는 나라가 많지만 실행하기는 대단히 어렵다. 첫 단추를 잘못 끼운 데다 이미 너무 멀리 가 버렸기 때문이 다. 얼마 전 미국 그랜드캐니언에서 실족하여 의식 불명에 빠진 우리 나라 유학생의 수술비와 50일가량의 입원비가 10억 원을 넘었던 사 실에서도 알 수 있듯, 선진국으로 알려진 나라에서도 돈이 없어서 치 료를 못 받는 환자가 많다.

특히나 우리나라의 건강보험 제도는 은퇴자들에게 무척 유리하게 설계되어 있다. 젊을 때는 병원을 이용할 기회가 많지 않기 때문에 건강보험의 혜택이 크게 와닿지 않는다. 하지만 나이가 들면 사정이 달라진다. 병원 갈 일이 점점 늘어나니 병원비 걱정을 하지 않을 수 없다. 그러나 국내에서는 크게 걱정할 필요가 없다. 60세가 넘으면 단돈 몇 천 원으로 전문의의 진료를 받을 수 있다. 미국이나 유럽에서는 상상도 못할 일이다. 우리나라 의료진의 실력도 세계적인 수준이다. 암과 같은 중증 질환에 걸려도 건강보험 시스템 덕분에 의료비 부담이 크지 않다. 만약 이민을 선택한다면 이러한 의료 혜택을 포기해야 한다.

미국에서는 가벼운 감기를 앓아도 수십만 원의 진료비를 내야 한다. 중증 질환을 치료하려면 수천만 원을 각오해야 한다. 병 고치다가 파산하는 사람도 적지 않다. 동남아시아나 남태평양 국가들도 상황은 다르지 않다. 공공 의료 수준이 낮아서 국민들은 영리 병원을 선호하지만 의료비가 상당히 비싸다(우리나라는 아직 영리 병원을 허용하지 않고 있다. 제주도에서만 외국인 진료만 한다는 조건으로 영리 병원인 녹지 병원을 허용했으나 진통을 앓고 있다).

이제 은퇴 유목과 은퇴 이민을 비교해서 생각해 보자. 사실 은퇴 이민은 은퇴 유목의 범주에 포함시킬 수 없다. 은퇴 유목은 나를 한정하던 익숙한 환경에서 잠시 벗어나 새로운 경험을 하는 가운데 행복을 발견하고 삶의 의미와 부부의 관계를 되새기는 것을 목적으로 한다. 은퇴 이민은 한국에서보다 높은 수준의 생활을 누리면서 여생을 보내는 것이 목적이다. 생활공간을 옮기고 완전히 떠나는 것이다. 반면에 은퇴 유목은 돌아오기 위해 떠난다. 그리고 떠나기 위해 머무른다. 새로운 환경에서 새로운 경험을 하기 위한 목적이라면 어떤 것이 좋은지 독자 여러분이 판단해 보시기를.

어쩌면 돌아갈 곳이 있기에
여행이 즐거운 것인지도 모른다.
한동안 떠나 있다가 돌아온
집과 동네와 일상은 더 이상
예전의 권태로운 시공간이 아니다.

은퇴 유목을
다시 생각하다

지금까지 이야기해 온 은퇴 유목에 대해서 체계적으로 다시 정리해 보자.

첫째, 은퇴 유목은 유목민의 삶을 벤치마킹한 은퇴 생활의 새로운 담론이다.

유목민의 삶은 간소하다. 몽골 유목민들은 지금도 게르라고 하는 간단한 형태의 집을 짓고 생활한다. 일정한 지역에서 머물다가 가축이 먹을 풀의 양이 줄어들면 새로운 땅을 찾아 떠난다. 언제든 떠날 채비를 해야 하기에 살림살이가 간소할 수밖에 없다. 그들은 으리으리한 집을 원하지도 않고 살림을 늘리지도 않는다. 하나를 취하면 하나를 버리는 것이 그들의 원칙이다. 그리고 새로운 땅에서 다시 삶을 시작한다.

은퇴 유목민의 삶은 가벼워야 한다. 은퇴 이전에는 의무와 책임, 노후를 위해 취하고 모으는 것이 과제였다. 이제는 버리는 것에 익숙해져야 하고 삶의 덩치가 줄어드는 것을 두려워해서도 안 된다. 과거에 누렸던 지위는 덧없다. 미래에 과도하게 얽매일 필요도 없다. 그래야 가벼워질 수 있고 자유로울 수 있다. 유목민이 새로운 땅에서 삶을 다시 시작하는 것처럼 은퇴를 기점으로 새로운 삶을 설계하고 실행해야 한다.

둘째, 은퇴 유목은 관광이 아니다. 새로운 삶을 발견하는 과정이다.

지금 우리는 외국에 나가는 일이 낯설지 않은 시대를 살고 있다. 웬만한 사람이면 누구나 해외여행 경험을 가지고 있다. 때문에 "나는 이미 은퇴 유목을 하면서 살고 있는데."라고 말하는 이도 있을 것이다. 하지만 단순한 관광 프로그램을 체험하는 것은 은퇴 유목이 아니다. 현지인의 삶을 쇼윈도 구경하듯 이방인의 눈으로 바라보고, 유명 관광지와 명소를 둘러보며, 여행객이 득실거리는 유명 거리의 맛집에 들르는 여행은 소비 행위일 뿐이다.

미루어 온 버킷리스트를 실현하고 삶의 새로운 의미를 발견하는 경험을 할 때 비로소 은퇴 유목이라고 말할 수 있다. 현지의 문화와 관습을 향유하고 현지의 사람과 자연을 만끽하면서 그들의 삶을 내 것으로 받아들이려는 태도와 마음가짐을 가진 이만이 진정 은퇴 유목을 즐길 수 있다. 나를 가두고 있던, 내가 한정했던 생활의 관성으로부터 벗어나서 한 발짝 떨어져 나를 바라보며 조금씩 성장하는 것, 그것이 은퇴 유목이다.

셋째, 은퇴 유목은 소박하다.

혹시 독자들께서 '은퇴 유목=해외 생활'이라는 인식을 머릿속에 담아 두고 있다면, 그건 여러분이 잘못 이해했거나 나의 글 실력이 형편없거나 둘 중 하나다. 은퇴 유목이 반드시 해외를 무대로 삼을 필요는 없다. 경험을 확장하는 면에서 해외에서의 삶을 이야기한 것뿐이다. 굳이 값비싼 항공료를 지불하지 않아도 얼마든지 의미 있는 은퇴 유목 생활을 할 수 있다.

그래도 해외에서 은퇴 유목을 해 보고 싶다면, 이런 방법도 있다. 올해와 내년에는 국내에서 은퇴 유목을 하고, 내후년에는 해외로 떠나는 것이다. 새로운 삶을 누릴 수 있다면 그곳이 어디이든 상관없다.

다만 은퇴 유목의 삶이 화려할 것이라고 기대해서는 안 된다. 재력가라면 한 달 동안 뉴욕이나 런던, 파리 같은 세계적 대도시의 고급 호텔에서 특급 서비스를 받으며 뉴요커와 파리지앵으로 살아 볼 수도 있을 것이다. (물론 뉴요커와 파리지앵이 호텔에 살면서 매일 고급 요리를 즐기는 것은 아니지만, 평생 남의 시중을 받으며 호화롭게 산 사람이 갑자기 소박해지기란 힘들 테니, 이런 생활도 은퇴 유목으로 인정하자.) 그럴 상황이 아니라면 경제적 형편에 맞게 직접 은퇴 유목 지역을 정하고 한 달 계획을 세워야 한다. 현지에 가서는 직접 식재료를 사고 요리도 하며 현지인이 즐기는 레저를 즐겨야 한다. 현지의 서민들이 살아가는 모습 그대로 사는 것이다. 이렇게 해야만 경비를 맞출 수 있고 현지인의 삶에 더 가깝게 다가갈 수 있다. 은퇴 유목을 마치고 돌아온 후에도 여운이 길게 남을 것이다.

넷째, 은퇴 유목은 즉흥적인 행사가 아니다. 충분한 계획과 절약의 결과로 얻는 보상이다.

요즘 TV에서는 여행을 소재로 한 프로그램을 흔히 접할 수 있다. TV를 보고 있노라면 여행을 떠나고 싶은 마음이 꿈틀거린다. 게다가 최근에는 TV 홈쇼핑에서도 값싸고 효율이 높은 여행 상품을 내놓는 등 유혹이 거세다. 당연한 말이지만, 이렇게 후다닥 떠나는 여행은 은퇴 유목이 아니다.

한 달 동안 집이 아닌 곳에서 살려면 돈이 필요하다. 지금 내가 살고 있는 지역과 은퇴 유목을 하는 지역의 물가 차이로 인해 기존의 한 달 생활비보다 비용이 적게 드는 곳도 있겠지만(설마 그럴 일은 없겠지만, 제발 돈 아끼겠다고 은퇴 유목을 계획하지는 말자. 그것은 허리띠를 졸라매는 고난의 행군일 뿐이다), 기본적으로 한 달 동안 지낼 거주지를 마련해야 하기 때문에 비용이 한 달 생활비를 초과할 가능성이 크다. 더군다나 해외에서 지내려면 적지 않은 돈이 필요하다. 지역에 따라 천차만별이기는 하지만 왕복 항공료를 포함해서 적게는 200만 원에서 많게는 1,000만 원이 넘을 수 있다.

별도의 초과 수입이 없는 은퇴 생활자가 이 돈을 마련하려면 결국 은퇴 생활비에서 조금씩 자금을 뽑아내야 한다. 그러려면 은퇴 유목을 어디에서 어떤 형태로 할지 미리 계획해야 하고, 경비에 대한 계산도 깔끔하게 끝내야 한다. 그런 다음에 11개월 동안 꾸준히 절약해야 한다. 은퇴 유목은 이런 노력 끝에 얻는 선물이다.

은퇴 유목을 준비하는 11개월 동안 아끼고 덜 쓰느라 힘들지 않겠느냐고? 이런 말이 있다. '실제로 여행을 하는 기간보다 여행을 준비하는 시간이 더 즐겁다'는.

다섯째, 은퇴 유목은 혼자가 아니라 파트너와 함께 하는 도전이다.

젊었을 때는 혼자 떠나는 여행이 더 좋을 수도 있다. 여행을 하는 동안 일어날지 모를 우연에 모든 것을 맡겨 버리는 여행이란 참 낭만적이다. 그리고 고독을 찾아 혈혈단신 오지를 찾아 떠나는 사람도 있다. 나이가 든 후에도 문득 혼자가 되고 싶을 때면 홀로 여행을 떠날 수 있다.

하지만 은퇴 유목은 다르다. 한 지역에서 한 달 정도 머물려면 마음이 맞는 파트너가 있어야 한다. 홀로 지내기에 한 달은 긴 시간이다. 가급적이면 배우자와 함께하는 것이 좋다. 배우자가 없다면 정말로 잘 맞는 친한 친구와 동반하기를 권한다.

은퇴 유목을 하면서 외로울지 모르기 때문에 누군가와 동반하라는 것만은 아니다. 노년기의 여행자는 혹시 모를 질병이나 사고에 대비하기 위해서라도 서로 의지하고 돌보아 줄 동반자가 절실하다.

그리고 은퇴 유목은 진한 추억을 만드는 일이기도 하다. 동반자가 없다면, 은퇴 유목을 마치고 돌아온 뒤에 누구와 그 추억을 공유하겠는가?

여섯째, 은퇴 유목은 일회성 행사가 아니라 평행의 여정이다.

젊은 날에는 생활의 틀을 바꾸기가 쉽지 않다.
같은 시각에 일어나 비슷한 일을 하고
집에 돌아와 짧은 저녁을 누린 뒤에 잠드는
일상이 반복된다.

하지만 노년은 자유롭고 여유롭다.
자신에게 주어진 자유와 여유를 만끽할 줄 모를 뿐.
은퇴 이후는
진정한 '나'로 살아 보는 시간이다.

은퇴 유목은 한 달 내외의 일정으로 끝이 난다. 하지만 한 번의 은퇴 유목이 끝났다고 해서 일생의 은퇴 유목이 끝나는 것이 아니다. 은퇴 유목의 경험이 그다지 좋지 않아서 다시 하고 싶지 않을 수도 있겠지만, 좋은 경험과 추억을 쌓았다면 다음의 은퇴 유목이 기다려질 것이다. 그러면 다시 다음의 은퇴 유목을 계획하게 되고, 이는 11개월을 활기차게 살아가는 원동력이 될 것이다.

인생에는 변수가 많기에 장담할 수야 없지만, 체력이 다하는 날까지 우리 부부의 은퇴 유목이 이어졌으면 좋겠다. 늘 설레는 마음으로 은퇴 생활을 즐기기를 기대한다. 나와 아내의 입에서, 그리고 독자 여러분의 입에서 "젊을 때보다 더 신나."라는 탄성이 터져 나오기를 바란다.

Part. 4

행복한 은퇴 유목을 위한
여섯 가지 약속

부모로 살았던 시간, 이제 다시 부부로 살게 되었다냥.

하나,
은퇴 유목 짝꿍, 부부 금실을 높이자

은퇴 유목을 하는 부부 혹은 은퇴 유목을 준비하는 부부에게는 뚜렷한 공통점이 있다. 두 사람의 관계가 아주 좋다는 점이다. 만약 부부의 관계가 나쁘다면 애초에 같이 다닐 생각조차 하지 않았을 것이고, 설령 여행을 한다 하더라도 한 번에 그치고 말 것이다. 바로 이런 점 때문에 부부의 금실은 은퇴 유목을 준비하는 데 있어서 가장 중요한 조건이다.

생각해 보자. 나이를 막론하고 아내나 남편과 불화하면서 스스로 행복하다고 느낄 수 있을까? 바깥에서 아무리 즐겁게 지낸다 한들 집에 돌아갔을 때의 냉랭한 분위기를 떠올리면 금세 우울해지고 만다. 그걸 잊기 위해 퇴근 후에 술자리를 갖거나 야근을 하는 등 집 밖에서의 관계에 더욱 매달린다. 주말에도 취미 활동을 한답시고 집을 비우기 일쑤다. 악순환이 끊이지 않는다. 불화의 골이 점점 깊어진다.

지금은 직장의 정시 퇴근이 법적으로 보장되어서 그런 일이 줄어들었지만 얼마 전까지만 해도 상사 눈치를 보느라 퇴근 시간이 지났는데도 일어나지 못하는 젊은 직장인들이 많았다. 사실 상사들의 속내를 들여다보면 안타까운 생각이 든다. 집에 가 보았자 딱히 할 일이 없어서 회사에 남아 있는 경우가 많았던 것이다. 일부러 낮에 할 일을 밤으로 미루어 집에서 지내는 시간을 줄이는 동시에 회사에 눈도장도 찍으려 했다.

언젠가 한 선배가 이런 말을 했다. "집에 들어갔더니 홍해의 기적이 일어나더군." 거실에 모여 TV를 보고 있던 아이들이 자신이 귀가하자마자 마치 약속이나 한 듯 일제히 각자의 방으로 흩어지더라는 것이다. 순간 선배는 자신이 꼭 훼방꾼이 된 것만 같았다고 한다. 그런 일을 여러 번 겪고 나자 집에 일찍 들어갈 마음이 사라지더란다. 직장에서 일과 대인 관계로 스트레스를 받았으니 집이 휴식처가 되기를 바라지만 아늑한 집은 동화 속에서나 나오는 환상 같은 것이 되어 버렸다.

결혼할 때만 해도 안 그랬는데, 어쩌다 이렇게 된 것일까? 어디서부터 잘못된 것일까? 가장의 무심함이 먼저일까, 가족의 냉대가 먼저

일까? 닭이 먼저냐, 알이 먼저냐는 물음만큼이나 답을 구하기 어렵다. 하지만 분명 시작이 있었다. 자녀들과 멀어지고 배우자와 틀어지며 가족 간에 균열이 생긴 출발 지점이 있었다.

대부분의 사람이 직장 생활의 고충과 스트레스를 이유로 댄다. 돈벌이하느라 그렇게 시달렸으면 됐지, 집에 돌아와서는 좀 쉬어도 되는 것 아니냐고. 그런데 의문이 생긴다. 생업의 현장에서 육체적으로 혹사당하고 정신적으로 시달리는 등 갖가지 어려움을 견뎌 낸 사람들이 왜 집에서는 조금도 가족을 배려하지 못하는 걸까?

여기에도 돈이 개입되어 있다. 생계를 위한 활동에 매몰되다 보니 감정의 촉수가 말라 버린 것이다. 내 아이가 학교에서 문제를 겪고 또래들 사이에서 마음의 상처를 입었다면, 분명 보듬고 어루만져 주어야 하는데 "그 정도밖에 못해!"라며 소리를 지른다. 마음은 그렇지 않은데, 가족에게 다가서는 법을 모두 까먹어 버렸다. 그러니 객관적으로 점수가 매겨지는 아이의 '성적'은 모처럼 당당히 화를 낼 수 있는 기회가 된다. "이런 성적 가지고 좋은 대학 갈 수 있어?"

많은 직장인 가장은 자신이 아버지 또는 어머니라는 사실을 잊지 않고 지낸다. 다만 수많은 역할을 요구당하면서 부모의 역할을 제대로 이행할 시간이 부족했거나 여유가 없을 뿐이다. 이 또한 생계 때문이다. 그러니 그놈의 생계 때문이라며 화를 낸다. 화는 화를 부른다.

가정에서 원하는 대로 일이 풀리지 않으면 짜증을 부리고 큰소리를 낸다. "집안이 이 모양 이 꼴인데, 일이 잘 될 턱이 있겠어?"

맞다. 일이 잘 될 턱이 없다. 그러나 먹고사는 문제를 해결해 주면, 물질적 풍요를 가져다주기만 하면 자신의 무심함이 선처 받을 수 있고 면죄부가 주어질까? 정말 그렇게 생각하는 걸까? 가족 불화가 시작되는 이유는 수백 가지겠지만(가장과 부모의 인격이 인간 이하인 경우도 있겠지만 이 책을 읽는 독자들이 그런 사람들은 아닐 것이다), 많은 이유들이 사실은 '돈 문제'로 수렴된다. 앞서 누누이 강조했던 것처럼 돈만 많으면 모든 문제가 해결되리라는 그릇된 믿음이 가장 큰 문제다.

앞에서 나는 이렇게 이야기했다. 경제의 관점이 아니라 행복의 관점으로 노년을 바라보라고. 하지만 우리의 삶은 청년 시기와 중장년 시기, 노년 시기가 따로 분리되어 있지 않다. 청년 시기의 삶이 중장년으로 이어지고, 중장년의 삶이 다시 노년으로 연결된다. 청년 때와 중장년 때는 악착같이 비정하게 돈만 벌다가 노년이 되면 좀 인간적으로 살면서 가족과 화목하게 지내겠다고 마음먹은들 그렇게 될 리가 없다.

갈수록 비인간화되어 가는 사회 속에서 식구들을 먹여 살리기 위해 고군분투하고 있는 대한민국의 모든 가장들에게 박수를 보낸다. 하지만 내 아이들이, 배우자가 지금 불행해하고 있지는 않은지도 살

퍼보자. 나로 인해 가족 전체가 스트레스에 시달리고 있는 건 아닌지 돌아보자. 돈 벌어 온다고 유세를 떨고 있진 않은지 나 자신을 들여다보자.

그리고 솔직해지자. 힘이 들면 힘들다고, 마음이 아프면 마음이 아프다고 아이들에게, 배우자에게 이야기하자. 파김치가 된 날 같이 놀자고 조르는 아이들에게 졸면서도 기꺼이 등과 목을 내어주던 젊었던 아빠 시절을 떠올려 보자. 해답은 배우자나 아이가 아니라 나의 기억, 나의 감성 속에 있다.

뭐, 배우자와 서먹서먹해도 서로 부딪치는 일이 많지 않으니 상관없다고 말할 사람도 있을 것 같다. 지금이야 그렇다 치자. 은퇴 이후에는 어떻게 할 텐가? 그때는 부부가 함께하는 시간이 비약적으로 늘어난다. 거의 하루 종일 같이 지내는 두 사람의 사이가 좋지 않다면, 여유롭고 평화로운 노년은커녕 하루하루가 고역일 것이다. 밥알이나 제대로 넘어갈지 모르겠다.

은퇴 이후에 반드시 부부가 함께 여행해야 하는 것은 아니다. 자기만의 방식으로 행복을 추구하면 된다. 다만 은퇴 유목이 끌린다면 배우자와 화목해야 한다. 앞에서 말한 대로 이는 절대적인 기준이다. 부모가 서로 사랑하는 모습을 보면서 자라는 아이들은 안전함을 느끼고 더불어 행복과 사랑을 배운다. 배우자와 잘 지낸다는 건 가족 전체가

우리는 긴 시간 함께 사막을 건너온
동행자가 있었다는 사실을 자주 잊어먹는다.

항상 곁에 있었던 사람의 소중함을
시간이 지나서야 깨닫는다는 건 슬픈 일이다.

화목하다는 것을 의미한다.

40대 후반의 한 후배 부부는 요즘 춤바람이 났다. 두 사람은 동갑내기인데 살사 댄스를 배운다고 했다. 처음에는 아내가 건강관리 차원에서 춤을 배웠으니 살사와 같은 고난도의 춤은 도전할 엄두를 내지 못했다. 춤을 추다 보니 흥미를 느꼈고, 아내는 기어이 남편을 끌어들였다. 부부는 지인들 사이에서 '춤바람 난 부부'로 불린단다.

사실 남편은 처음에 거절했다고 한다. 대한민국 중년 남성에게 '춤'이란 단어는 부정적일 뿐 아니라 단어만 들어도 털이 바짝바짝 일어설 정도로 민망한 행위일 수 있다. 적어도 아직까지는 말이다. 그래도 아내는 끝까지 남편을 설득했고, 결국 부부는 매주 1회, 격렬한 댄스를 즐길 수 있는 날을 손꼽아 기다리는 춤꾼이 되어 버렸다.

이러쿵저러쿵 부부 갈등을 치유하는 데 도움이 된다는 명언을 외울 필요가 없다. 백만 가지의 해법을 가지고 있어도 실천이 없으면 무용지물이다. 또한 의외로 해법이 간단할 수 있다. 춤꾼 후배 부부처럼 서로의 공통점을 찾아 나가는 것! 그 과정에서 서로를 더 잘 알게 되고 금실도 좋아진다.

홍보대행사의 임원으로 있는 또 다른 후배 이야기다. 후배에게는 죽기 전에 꼭 이루고 싶은 소원, 그러니까 버킷리스트가 하나 있는데, 프랑스 파리에서 은퇴 유목을 하는 것이라 했다. 이를 위해 따로 적금까지 들었다고 하니 각오가 대단하다. 왜 파리일까? 나름대로 사연이 있었다. 그의 아내가 젊었을 때 프랑스 파리에서 유학을 했기 때문이란다. 젊음의 추억은 나이가 들어도 잊지 못하기 마련이다. 후배의 아내는 결혼하고 아이를 키우며 가정에 헌신했고, 아이가 다 성장하는 몇 년 후에는 '아이들로부터 독립할 것'이라고 했다. 그러고는 부부만의 또 다른 행복한 삶을 누려 보겠다고 했다.

후배는 아내를 위해 자신의 은퇴 유목 주파수를 맞추었다. 그것이 그동안 자신과 가족에 헌신한 아내에 대한 보상이자 배려라고 생각하기 때문이다. 후배는 부부가 '그저 같이 사는 사람'이 아니라 죽을 때까지 삶의 여정을 함께 하는 동반자라고 생각한다 했다. 이 사람들의 사는 방식이 멋스럽다. 은퇴 유목의 또 다른 맛과 멋이 여기에 있다. 배우자와 토론하고 소통하기를 권한다. 약 한 달간의 여정을 낯선 땅에서 구도자의 삶을 살려는 것이 아니기에 배우자와 충분히 이야기를 나누는 게 옳지 않겠는가?

둘,
자식들과 '경제적 이별'을 준비하자

아는 형님이 있다. 아들 하나, 딸 하나를 두었다. 6년 전 어느 날 그 형님으로부터 갑자기 청첩장이 날아왔다. 큰 아들이(당시 24살) 벌써 결혼할 때가 되었나 생각하면서 청첩장을 열었더니, 놀랍게도 결혼식의 주인공은 이제 갓 스무 살이 된 딸이었다. 아니, 지금이 조선 시대도 아니고 무슨 스무 살 애가 결혼을 해? 깜짝 놀라서 형님에게 전화를 했다. 사연이 있었다. 막내딸이 동갑내기 남자애랑 연애를 하던 중에 덜컥 임신이 되어 버린 것이다. 형님 내외는 고심 끝에 아이를 낳으라고 딸을 설득했는데, 철없던 막내딸은 아무런 고민도 없이 "응." 하고 간단하게 대답하더란다.

문제는 남자친구와 그 집안 어른들이었다. 스무 살에 아버지가 된다니, 남자애로서는 청천벽력 같은 일이었을 것이다. 집안 어른들도 마찬가지였다. 두 집안 어른들이 잘 보살피다가 나중에 결혼을 시키자고 했다. 게다가 스무 살 애들이 무슨 돈이 있어서 결혼을 하겠는가! 하지만 형님 내외는 밀어붙였다. 뜻하지 않은 임신이었지만, 자신들을 찾아온 소중한 생명이었다. 결국 신혼집과 혼수의 많은 부분을 형님 내외가 감당하기로 하고 결혼식을 강행했다.

이때 이 형님의 나이가 55세였다. 정년퇴직을 불과 6년 앞두고 있었다. 나름 계획을 세우고 은퇴 자금을 차곡차곡 쌓아 가던 중이었다. 그런데 뜻하지 않은 일이 생겼다. 계획을 수정해야 했다.

형님은 형편이 그리 넉넉한 편이 아니었다. 사위 집안도 마찬가지였다. 이리저리 묘안을 짜던 형님 내외는 딸의 결혼식을 올리기 전에 가족이 살던 아파트를 담보로 은행에서 대출을 받아서는 지척에 있는 방 2개짜리 조그마한 빌라를 전세로 얻었다. 마침 아들도 군 입대를 앞두고 있었고, 딸 내외가 아기를 낳으면 많은 살림이 필요하기에 아파트를 딸에게 내어주었다. 딸과 사위는 형님 내외가 쓰던 가전제품과 가구를 그대로 써 돈을 아꼈다. 형님 내외는 아주 기본적인 가전제품과 가구만 중고로 장만했다. 그러면서 딸과 사위에게 한 가지 단서를 달았다.

"6년의 시간을 주겠다. 그 안에 작은 보금자리라도 만들 수 있도록 열심히 살아 보아라."

형님 내외와 딸 식구는 아주 가깝게 지냈다. 바로 지척에 살았기 때문에 저녁밥은 거의 같이 먹었다. 사위가 조금 불편할 수는 있을 거라 생각했지만, 다행히도 나이가 어린 탓인지 형님 내외를 잘 따랐다. 몸을 푼 뒤에 딸은 보험설계사로 일했고, 사위는 휴대폰 가게에서 일했다. 그렇게 5년이 지난 작년(2018년), 딸네는 임대 아파트에 당첨되어 집을 옮겼고 형님 내외는 아파트로 다시 들어갔다.

재작년 여름에 그 형님을 명동에서 만나 술을 마시다가 어찌어찌하여 형님이 사는 동네까지 가게 되었다. 편의점 파라솔에서 입가심으로 맥주를 마시는데 우연히 딸과 사위, 손자와 마주쳤다. 손자는 조부모 교육을 받은 덕분인지 어린 나이에도 인사성이 밝았다. 형님은 올해(2019년) 9월에 정년퇴직을 앞두고 있다.

내가 이 책에 이 형님의 사례를 옮기는 이유가 있다. 나는 이 형님이 참으로 현명했다고 생각한다. 자식에게 몽땅 퍼 주고 싶은 마음이야 여느 부모와 마찬가지였겠지만, 현명하게 처신함으로써 딸네도 형님 내외도 원원할 수 있었다. 뜻하지 않게 결혼을 하게 된 딸의 신혼 살림을 챙겨 주었고, 어린 나이에 부모가 된 딸과 사위를 가까이 두고 가르쳤다. 손자 양육에도 큰 도움을 주었다. 그리고 이 책을 쓰는 입장에서는 이게 가장 중요한 점인데, 은퇴 자금을 한 푼도 잃지 않았다. 자식을 사랑하더라도 현명하게 사랑해야 한다.

은퇴 생활이 여유로워지려면, 나아가 은퇴 유목을 꿈꾼다면 필연적으로 자녀들과 경제적으로 이별해야 한다. 언제까지고 자녀들의 미래는 내가 책임지겠다는 지고지순한 자식사랑은 은퇴 생활자에게는 치명적인 독이 될 수밖에 없다. 당연히 은퇴 유목은 시도해 볼 수도 없다. 툭하면 와서 손을 벌리는 자식들을 어떻게 감당한단 말인가?

나는 오래전부터 두 아들에게 이렇게 말해 왔다. "대학을 졸업한 후에는 어떤 경제적 지원도 해 주지 않을 거야." 아빠와 엄마는 앞으로 점점 늙어 갈 것이기 때문에 반드시 돈이 필요하다고 귀가 닳도록 궁상을 떨었다. 그 덕분인지 아이들은 나중에 부모에게 손 벌릴 생각조차 하지 않는다. 올해 스무 살이 된 큰아들은 용돈을 직접 벌어서 쓴다. 나름 조기 교육(?)에 성공한 셈이다.

노년을 풍족하고 여유롭게 지내고도 재산이 남는다면, 그걸 사회에 기부하든 자식에게 물려주든 알 바 아니다. 재산이 많은 사람이 어차피 다 쓰고 죽지도 못할 것, 자식한테 물려주자고 마음먹는 건 지극히 당연하다. 하지만 자식의 자립심을 망치는 방식이 아니라 현명한 방법을 생각해야 한다. 부모에게서 떨어질 떡고물을 기다리는 젊은이에게서 어떻게 건전한 상식을 기대할 수 있겠는가.

부모의 역할은 양육과 교육이다. 그런데 오늘날의 많은 부모들이 양육과 교육마저도 돈이라는 관점에서 바라본다. 대한민국의 왜곡된 교육 시스템은 학생이 아니라 부모가 만든 것이다. 부모들이 자식의 성공을 재력과 사회적 지위라는 잣대로만 바라보는 한 우리나라의 교육 시스템은 변하지 않을 것이다. 안타까운 점은 대부분의 사람들이 우리나라의 그릇된 교육 환경을 비판하면서도 모두들 그쪽을 포기하지 못한다는 사실이다. 왜? 그게 자식을 위한 부모의 도리이자 의무라 여기기 때문이다.

하지만 물질적으로 충족시켜 주는 것을 부모의 역할이라고 착각해서는 안 된다. 올바른 가치관을 심어 주고 스스로 일어설 수 있도록 만드는 것이 부모의 역할이다. 부모는 무한대로 자식에게 돈을 대어 주는 화수분이 되어서는 안 된다. 그런 것이 부모의 당연한 역할이라고 여긴다면, 혹시 그 심리가 자식에 대한 집착은 아닌지도 돌아봐야 한다. 그 집착은 나중에 '부모에 대한 자식의 의존'이라는 부메랑으로 돌아올 수 있다. 자식들이 제 운명을 개척하도록 내버려 두는 것 또한 부모의 도리이자 의무다.

그보다는 행복하게 사는 법을 가르쳐야 한다. 행복한 부모 밑에서 자란 아이가 불행할 수 있을까? 은퇴 이후에도 소박한 행복을 찾으며 살아가는 부모를 보는 성인 자식은 어떤 생각을 할까? 올바른 가치관은 말로 가르치는 것이 아니다. 부모가 그런 모습을 보여 줌으로

215

항상 곁에 두고 챙기는 것은
사랑이 아니라 집착이다.
집착은 자식의 성장에 해로울 뿐이다.
진정 자식을 위한다면
먼저 행복한 부부가 되어라.
행복한 부모를 보며 자란 아이는
일찍 행복을 배운다.

써 스스로 깨우치도록 해야 한다. 은퇴한 부모가 함께 한 달 동안의 새로운 삶에 도전하기 위해 계획하는 모습만 봐도 자식들은 많은 것을 배울 것이다.

행복은 상황이 개선되어야 찾아오는 것이 아니라 현재의 상황을 슬기롭게 받아들이는 데서 온다. 이미 말한 대로 돈이 부족한 자식에게 돈을 준다고 해서 그 자식이 행복해진다는 보장은 없다. 큰 집과 최신 가전제품을 가지게 되면 오래지 않아 더 큰 집과 더욱 기능이 뛰어난 제품을 갖고 싶다는 결핍을 경험하는 게 인간의 심리다. 물질에 삶의 만족을 기대해서는 결코 만족할 수 없다.

이런 취지에서라도 미성년자도 아닌, 성인 자녀를 위해 자신의 은퇴 자금을 턱 내놓은 것은 절대로 옳은 판단이 될 수 없다. 은퇴 자금은 평생을 자식을 위해 헌신적 뒷바라지를 했던 부모들의 마지막 보루다.

혹시 늦둥이를 낳아 아직 자녀들이 초등학생이나 그 아래라면 경제 교육부터 시작하자. 어렸을 때부터 경제관념을 갖춘다면 합리적으로 소비하는 습관을 키울 수 있고, 경제적으로 자립하겠다는 마음을 일찌감치 가질 수 있다. 돈을 밝히는 것과 경제관념이 올바른 것은 전혀 별개의 문제다. 소득을 어디에 어떻게 사용하고 얼마를 저축할지 능동적으로 계획하는 사람은 목적의식이 분명하기에 유혹에 쉬 흔들리지 않는다. 각종 미디어들이 여기저기서 '대박'을 떠들어 대는 천박한 풍조 속에서도 우직하게 자기 길을 간다.

성인이 된 자식과 경제적으로 결별하는 일은 여유로운 노년을 위한 길이자, 자식의 참된 성공과 행복을 만드는 길이기도 하다. 물론 은퇴 유목의 성공에 꼭 필요한 조건임은 말할 필요도 없다.

셋,
우리 가족의 경제 상황을 숙지하자

앞서 자녀들의 경제적 자립심을 키우기 위해서는 경제관념을 심어주어야 한다고 썼다. 그러려면 부모가 먼저 경제관념이 확고해야 한다. 그런데 우리나라 부모들이 과연 수입과 지출, 저축 등의 경제 활동을 계획적으로 실행하고 있는지 의문이 든다.

이 책을 준비하면서 주변의 4050 세대에게 한 달 생활비의 규모를 아는지 물었다. 한 달에 가족이 얼마를 쓰는지 정확하게 아는 사람은 극소수였다. 대부분이 잘 모르고 있었고, 특히 남성의 경우에는 가족의 한 달 생활비를 아는 사람이 단 한 명도 없었다. 그들은 이렇게 답했다. "내가 한 달에 ○○만 원을 버니까, 쓰는 것도 그 정도이지 않을까요?" 그러니까 한 달에 얼마를 버는지는 아는데, 얼마를 쓰는지는 모르는 것이다.

홍미로운 사실은, 미래에 대한 불안이 큰 사람일수록 현재의 지출 구조를 모르는 경향이 강하다는 점이었다. 이런 상황을 바꾸어 생각하면, 현재 가계의 경제 상황에 무감한 사람일수록 미래에 대한 불안이 크다고 해석할 수 있다. 물론 내 주변의 지인들을 대상으로 한 지엽적인 샘플이기에 단정할 수는 없다. 하지만 경제관념이 희박한 사람이 은퇴 이후에 대한 불안이 클 가능성이 높다는 사실은 얼마든지 추정 가능하다.

자신의 소득과 지출에 대해서 잘 아는 사람은 체계적이고 합리적으로 소비를 한다. 이런 사람이 단지 한 달을 잘살겠다고 계획적인 지출을 하는 것은 아닐 것이다. 그 사람의 머릿속에는 현재의 수입과 지출 상황이 훤히 그려지고 미래의 수입과 지출에 대한 구상도 어느 정도 마련되어 있다. 월급쟁이 입장에서 수입을 조절할 수는 없지만 상황에 따라 지출을 조절할 수는 있다. 이처럼 차곡차곡 대비를 하고 있기에 은퇴 이후에 대해서 구체적으로 생각할 수 있고, 그렇기에 상대적으로 덜 불안한 것이다.

반면에 생활비 규모와 지출 구조를 모르는 사람은 어떨까? 얼마를 버는지만 알고 얼마를 쓰는지를 모른다는 것은 현재 우리 가족이 처한 경제적 상황을 전혀 모른다는 뜻에 다름 아니다. 보험이나 연금

보험료 등으로 얼마가 지출되고 있는지, 모아 놓은 돈이 있기는 한지 알 수 없는 상황에서 어떻게 미래와 은퇴 이후를 머릿속에 그릴 수 있겠는가.

이렇게 말하는 사람이 있을 것이다.

"어차피 내 한 달 용돈은 정해져 있는데, 생활비를 모른다고 해서 내가 과소비를 하겠어?"

"생활비를 더 줄일 수 있는 상황이 아니라면 굳이 그걸 알아서 뭐 하게?"

"살림은 살림하는 사람이 알아서 잘하겠지. 난 꼬박꼬박 월급 갖다 주는 일에만 충실하면 돼."

사실 가장이 집안의 살림과 생활비 규모를 안다는 것은 더 많은 의미를 담고 있다. 그만큼 부부가 소통하고 있다는 뜻이고, 가족의 내일과 은퇴 이후를 대비하고 있다는 뜻이다. 버는 일에만 집중하고 가족의 생활비에 무관심한 가장은 살림살이가 나아지지 않을 때에 심정적으로 그 책임을 안사람에게 돌릴지도 모른다. 내가 고생하면서 이만큼 벌고 있는데 안에서 화수분처럼 써 댄다며 애먼 배우자를 타박할 가능성도 높다. 상황을 잘 모르기에 직장에서 고생하는 자신의 희생만 커 보인다. 가장의 월급을 쪼개어 한 달을 꾸려 가는 배우자의 노고는 눈에 들어오지 않는다.

가장이 '굳이' 이런 것까지 알아야 할 이유가 또 있다. 계획적인 지출을 하지 않는 한 은퇴 자금을 모으기가 쉽기 않기 때문이다. 먹을 것 먹지 않고, 궁상떨며 살라는 이야기가 아니다. 숭숭 구멍이 뚫린 주머니에 쌀을 부어 보았자 모두 빠져나갈 뿐이다. 그런 쌀자루로는 은퇴 유목 자금을 마련할 수 없다.

가정을 하나의 회사라고 가정해 보자. 경영이라는 관점을 가족의 살림에 적용해 보는 거다. 이때 가족 모두는 하나의 조직을 운영해 나가는 구성원이 된다. 한 달에 들어오는 수입과 지출을 자녀들과 공유하고, 줄일 수 있는 부분을 찾아보자. 지출 항목을 살펴보면서 지출 목적을 분명히 세우고, 혹시라도 지출 목적이 불분명하거나 남들이 하니까 나도 한다는 식으로 돈을 쓰고 있다면 온 가족이 합의하여 함께 줄이도록 노력하는 것이다. 그것 자체가 자녀들에게는 경제관념을 심어 주는 일이고, 부부로서는 서로 소통하며 노년을 대비하는 일이 된다. "에이, 쩨쩨하게 살림살이에까지 신경을 써요." 가정의 살림을 등한시하면 대범해 보이는가? 엄청난 착각이다.

이렇게 해서 아낀 돈은 여러 곳에 쓸 수 있다. 의외로 돈 새는 구멍이 많다는 사실을 아는가? 불필요한 지출을 줄인다면 아마도 매달 적게는 수만 원에서 많게는 수십 만 원을 건질 수 있다. 이 돈을 따로 통장에 넣어 둔다면? 1년만 모아도 수십만 원에서 많게는 백만 원이 넘

나의 현재를 정확하게 모르는 사람은
미래를 그릴 수 없다.
지금 가진 것이 아무리 빈약할지라도
현실을 제대로 바라보고 인정하자.
그래야만 어떻게든 다시 출발할 수 있다.

을지 모른다. 이렇게 2~3년만 모아도 나중에 은퇴 유목할 때 부부 항공권은 거뜬히 뺀다.

공돈 생겼다고 막 지르지 말자. 4050 세대라면 한 가지는 인정하자. 청춘은 지나갔다. 내일의 눈치를 보지 않고 마음껏 질러도 되는 시기는 다시 오지 않는다. 젊을 때는 지르고 싶어도 돈이 부족했고, 지금은 돈이 넉넉하지만 가족 생각에 함부로 지를 수 없다. 인생은 그렇게 엇박자로 흘러간다. 하지만 한 가지는 분명하게 장담할 수 있다. 나이가 들어 젊은 날을 뒤돌아보면서 '그때 그걸 샀어야 했는데……'라고 후회하는 사람은 거의 없다.

계획적인 지출은 은퇴 유목의 관점에서뿐만이 아니라, 중년 시기의 지출 습관이 노년으로 그대로 이어진다는 점에서 꼭 지켜야 할 덕목이다. 생각해 보라. 현역 시절에는 삶의 스케줄이 직장과 일을 중심으로 돌아가기 때문에 스스로 무엇을 하겠다고 자금 계획을 세울 필요가 크지 않다.

하지만 노년은 하루와 일주일, 한 달을 의식적으로 계획하지 않으면 시간이 무의미하게 흘러갈 수 있다. 그러면 삶이 무기력해질 뿐만 아니라 머리가 굳어 버려서 정신 건강에도 해롭다. 현대인의 삶은 소비를 중심으로 이루어지기 때문에 어디에 돈을 얼마 쓰겠다는 지출 목적이 명확해지면, 거기에 맞추어서 시간을 계획하게 되고 그런 가운데 스스로 할 일을 만들어 낼 수도 있다. 그러니까 올바른 지출 습관은 노년의 경제를 탄탄하게 만들어 줄 뿐만 아니라 노년의 삶을 보다 의미 있게 만드는 출발선인 것이다.

넷.
손쉬운 창업의 유혹을 과감히 떨치자

친하게 지내는 동생이 하루는 자신의 아버지에 대해서 들려주었다.

"형, 우리 아버지가 올해 77세이신데, 완전히 낀 세대예요."

'낀 세대'란 원래 기성세대와 신세대 어느 쪽에도 섞이지 못하는 애매한 입장의 세대를 가리키는 말이다. 직장을 예로 들면 나이든 부장급 간부와 한창 치고 올라오는 대리·과장급 직원 사이에서 처신이 애매한 40대 후반의 차장급 직장인이 딱 낀 세대다. 그런데 77세 어르신이 왜 낀 세대라니 이해가 가질 않았다.

"아버지가 요즘 교회에 나가시는데, 교회에 노인들끼리 어울리는 모임이 있나 봐요. 그런데 거기에 하루 다녀오시더니 다시는 안 나가겠다고 하시는 거예요. 가 보니까 아버지가 막내이더라고."

사회적으로 대접을 받고 어른 행세를 할 만한 77세 어르신이 노인들 모임에 나갔다. 그런데 모임에 나온 어르신들의 연배가 워낙 높아서 그 나이에 애 취급을 당한 것이다. 남자들의 사회에서는 나이로 서열을 따지는 경향이 강하다. 젊으나 늙으나 차이가 없다. 어디 가도 나이로는 꿀리지 않을 77세 어르신이 막내 노릇을 해야 했으니, 불편했을 것이다.

과거에는 일흔을 넘기면 어떤 모임에 속하더라도 연장자 역할을 맡았다. 그런데 우리나라 사람의 평균 수명이 길어지면서 여든도 흔해졌고 아흔을 넘긴 어르신도 부지기수다. 노인복지법에 따르면 65세부터 노인으로 보고 각종 복지 혜택을 준다. 그런데 사실 요즘 65세 정도는 노인 축에 못 든다. 사회적 인식으로는 적어도 70살은 넘겨야 어르신 대접을 해 준다. 그런데 70살도 충분하지 않다. 동생 아버지의 사례처럼 77세에도 경우에 따라서는 '청년' 취급을 당할 수 있다. 100세 시대의 풍경이다.

조직마다 사정이 다르겠지만 현재 우리나라에서는 대체로 만 60세를 정년으로 규정하고 있다. 아직 한창 일할 수 있는 나이에 타의로 일을 그만두어야 한다. 그래서 최근에는 정년을 65세로 끌어올려야 한다는 여론이 형성되었고, 정부도 같은 내용의 정책과 법안을 마련할 예정이라고 피력했다.

사실 60살이든 65살이든 아직 일을 그만둘 나이는 아니다. 엄밀하게 말해서 정년퇴직은 직장인이 노쇠하여 업무를 제대로 수행할 수 없기 때문이 아니라 자라나는 세대에게 자리를 마련해 주자는 목적으로 만들어진 제도다. 개인에 따라 사정이 다를 수야 있지만, 정년에 이르러서 스스로 업무 수행 능력이 떨어진다고 느끼는 직장인은 많지 않다. 대부분의 직장인이 아직 일할 수 있는 상황에서 등 떠밀리듯 어쩔 수 없이 회사를 떠난다.

회사에서 나오더라도 하던 일을 계속할 수 있다면 다행이지만, 전문직이나 기술직이 아니고는 은퇴 이후에 경력을 이어 가기가 불가능하다. 그래서 수많은 은퇴자가 창업의 문을 두드린다. 퇴직금을 일시불로 받으면 적게는 수천만 원에서 많게는 수억 원이 생기기 때문에 창업 자금도 넉넉하다. 그리고 요즘 세상에는 별다른 기술 없이도 쉽게 창업할 수 있는 환경이 갖추어져 있다.

더 일할 수 있다는 자신감(또는 더 일해야 한다는 절박함), 비교적 넉넉한 창업 자금(퇴직금), 그리고 손쉽게 가게를 열 수 있는 환경, 이 삼박자가 오늘날의 창업 러시를 만든 주요 원인이다. 하지만 결과는 어떤가? 창업을 한 사람 10명 가운데 8~9명이 가게 문을 닫는 것이 현실이다.

일단 창업을 하겠다고 마음먹으면 하루라도 빨리 가게 문을 열고 싶고 마음이 급해진다. 인터넷을 뒤지는 등 여러 가지 정보를 취합하여 아이템을 골라 보지만, 결국엔 대부분이 음식 장사로 귀결된다. 창업 설명회를 가도 음식 프랜차이즈가 대세다. 그런 창업 설명회에 가서 강연과 설명을 듣다 보면 모든 일이 술술 풀릴 것 같은 환상에 사로잡힌다. 창업 설명회를 주최한 사람들로서는 사람들이 창업을 해야 이익이 생기기 때문에 갖가지 감언이설로 창업을 부추긴다. 본사에서 조금만 교육을 받으면 능숙하게 기기를 다룰 수 있고 음식도 척척 만들어 낼 수 있다. 또 본사에서 마케팅을 도와주고 운영 노하우도 전수해 준다고 한다. 솔깃하지 않을 수 없다. 시장에 다니며 일일이 재료를 구할 필요도 없이 비품과 재료를 척척 가져다준다니 그리 고생할 일도 없을 것 같다.

친구 부부가 실제로 분식 프랜차이즈 창업을 했다. 처음에는 프랜차이즈 본사에서 나와 매장도 관리해 주고, 매장 운영 노하우도 충실히 일러 주었다. 본사가 창업 이벤트까지 챙겨 준 덕분에 초기에는 손님이 곧잘 들어왔다. 친구 부부는 창업하기를 잘했다고 생각했다. 하지만 얼마 후부터는 부부가 직접 매장 관리와 운영을 책임져야 했다. 본사의 지원은 끊겼다. 메뉴별로 교육을 받기는 했지만, 그 품질을 유지하는 것은 쉽지 않았다. 갈수록 음식의 품질이 떨어졌고 직원

걱정하고 불안해한다고 해서
나아지는 것이 없는데도
우리는 그런 마음을 쉽게 떨치지 못한다.
걱정과 불안에 중독되어 있기 때문이다.

내일을 두려운 마음으로 바라보는 사람은
조급해질 수밖에 없다.
지금까지 충분히 두려워했으니.
이제부터라도 긍정적인 생각으로 내일을 보자.
걱정과 불안으로 보내기에는
삶이 너무 아깝지 않은가.

관리하는 것도 어려워졌다. 처음에 북적이던 가게는 곧 한산해졌고, 썰물처럼 빠져나간 손님은 다시는 돌아오지 않았다. 결국 친구 부부는 가게 문을 닫았다.

친구 부부가 사업에 실패한 가장 큰 이유는 무엇일까? 분식에 대한 핵심 기술을 보유하지 못했기 때문이다. 손 안 대고 코 풀겠다는 심리로 장사를 했던 것이다. 돌려 말하자면, 남의 힘으로 장사를 했기 때문이다. 이런 장사는 지불해야 할 대가가 만만치 않다. 앞으로 벌고 뒤로 밑진다는 말이 딱 어울린다. 메뉴를 스스로 개발하지 않았기 때문에 음식 조리에 대한 노하우도 쌓이지 않는다. 무언가를 해서 실패를 하더라도 좋은 공부와 경험을 하는 경우가 있지만, 인생의 제2막에서 손쉽게 창업을 했다가 실패했을 때는 남는 것이 아무것도 없다. 망해도 본전치기는 하겠지, 라는 믿음은 대단히 위험하다. 대부분의 자영업자들이 들어갈 때는 높은 권리금을 주고 빠져나올 때는 한 푼의 권리금도 못 챙기는 일이 비일비재하다.

은퇴 이후에는 은퇴 이후의 삶이 있다. 은퇴 후에 찾아온 휴식을 즐기지 못하고 무엇이든 해야 한다는 강박 관념에 사로잡히면 결과는 좋지 않다. 모든 것을 은퇴 이전으로 되돌리겠다는 생각은 욕심이다. 가장 중요한 사항은 은퇴 이후에 당장 무슨 일이든 하지 않으면 큰일이 날지도 모른다는 불안을 극복하는 것이다. 이 같은 불안이 사람을 조급하게 만들고 서두르게 만들며 쫓기듯이 창업을 하게 만든다. 앞에서 계속 강조했듯 우리의 노후는 그리 불안하지 않다. 지금까지 쌓아 온, 그리고 앞으로 쌓아 갈 우리의 노력과 그에 대한 보상을 과소평가하지 말자.

만약 은퇴 후에 창업을 하겠다면 스스로의 힘으로 시작하라. 은퇴 이전부터 면밀히 알아보고 치밀하게 준비해야 한다. 교육을 받아야 하거나 공부를 해야 한다면 그렇게 하자. 아무런 준비도 없이 남이 떠먹여 주는 대로 창업을 하는 것만은 절대 금물이다. 이런 식으로 할 거라면 아무것도 하지 않는 게 상책이다.

창업에 신중해야 하는 또 하나의 이유가 있다. 이런 식의 창업으로 은퇴 자금을 홀라당 날려 버릴 수 있기 때문이다. 은퇴 유목은 고사하고, 후회만 하는 무기력한 노년의 삶으로 전락할 수 있다.

다섯,
틈틈이 영어를 공부하고 디지털 유목민이 되자

이태용(가명) 씨 부부는 1년에 2~3번 해외여행을 다닌다. 짧게는 5일에서 길게는 10일가량의 일정이다. 이태용 씨가 은퇴하면서 더 나이 먹기 전에 원 없이 세상을 둘러보자고 약속했고, 부부는 그 약속을 지켜 가는 중이다. 부부는 동갑내기로 2019년 현재 예순여덟이다.

작년(2018년 1월)에는 멕시코에 다녀왔다. 달랑 배낭 하나씩만 메고 가서는 5일 동안 이곳저곳을 둘러보았다. 알다시피 멕시코는 지구 반대편에 있다. 이동 거리가 있는 만큼 항공료가 높을 수밖에 없다. 그런데 이태용 씨는 놀라운 이야기를 들려주었다.

"우리 두 사람이 왕복 70만 원에 다녀왔습니다. 한 사람에 35만 원씩."

제주도에 갈 때도 비즈니스석은 왕복 30만 원 정도 한다. 그런데 멕시코 왕복 항공료가 35만 원이라니! 쉽게 믿기지 않는 이야기였다. 노하우가 있었다.

"전 세계 160개가 넘는 항공사에 회원 가입을 했습니다. 그걸 엑셀에 정리해서 관리하고 있어요. 항공사에서 수시로 메일이 오는데, 어떨 때는 땡처리를 하는 항공권이 나올 때가 있어요. 우리 부부는 따로 여행 일정을 정해 놓지 않고 있다가 가 보고 싶은 나라의 항공권이 싸게 나오면 그때 움직입니다."

웬만큼 꼼꼼하지 않고서는 실행하기 힘든 방법이다. 그래도 부부는 재미있단다. 메일을 확인하다가 '이거다!' 싶으면 훌쩍 떠나 버린다. 아직은 체력이 충분하기 때문에 도미토리나 게스트하우스를 주로 이용해서 비용을 아낀다. 마치 동네 마실하듯이 해외여행을 하고 있다.

이태용 씨와 이야기를 나누다가 의문이 들었다. 해외 항공사에서 보내는 메일은 영어로 쓰여 있을 것이다. 그걸 해석할 정도로 영어 실력이 뛰어난가?

"은퇴하기 전에는 영어 한마디 제대로 할 줄 몰랐습니다. 해외여행을 은퇴 생활의 테마로 잡은 뒤로 문화센터 같은 데서 영어 회화를 공부하기 시작했습니다. 이후로 영어 공부를 꾸준히 하기는 했지만, 뭐

지금 내가 잘살고 있는지 궁금하다면
반려자의 얼굴을 들여다보라.

깊은 대화야 나누겠어요? 그냥 길이나 묻고 음식 주문할 정도지요."

외국 항공사에서 보내는 메일은 내용이 거의 똑같기 때문에 익숙해지면 어렵지 않게 무슨 뜻인지 알 수 있다고 했다. 항공사에 회원 가입을 할 때도 처음에는 힘들었지만, 나중에는 어렵지 않게 해결했다고 한다. 지금은 생활 영어가 입에 붙어서 해외 어디를 가더라도 의사소통에 어려움을 겪는 일은 없다고 했다.

"외국에 나가면 영어가 만국 공용어라는 사실을 실감하게 됩니다. 해외여행을 제대로 즐기려면 간단한 의사소통을 할 수 있을 정도는 공부를 해 두는 것이 좋아요."

영어를 잘하면 그만큼 세계가 넓어진다. 영어에 자신이 없으면 여행사가 준비한 패키지 프로그램에 따를 수밖에 없다. 물론 깊이 있는 대화를 나눌 정도로 영어에 능통할 필요는 없다. 영어를 모국어로 쓰는 나라가 아닌 곳에서는 어차피 나도 그들도 영어 실력이 거기서 거기다. 물건을 사고, 주문을 하고, 길을 묻는 정도의 간단한 영어만 할 줄 알면 된다. 겁먹지 말자. 그래도 은퇴 유목을 준비하기 위해서는 생활 영어는 필수로 익혀 두어야 한다. 나이 들어서 공부하는 게 힘들지 않느냐고 걱정하는 분들이 있는데, 젊을 때는 숙제하듯이 공부를 했지만 노년에는 정말 필요해서 하는 것이어서 공부가 재미있다고 한다.

지난해(2018년) 7월 후배 부부가 유럽 여행을 다녀온 적이 있다. 후배 부부는 박물관과 미술관 위주로 여행 프로그램을 짰는데, 따로 가이드를 두지 않았다. 휴대폰의 앱을 활용했기 때문이다. 우리에게 많이 알려진 박물관은 한국인이 만든 앱도 있을 정도다. 이 경우 박물관과 미술관의 작품에 대한 친절한 설명이 한글로 줄줄 흘러나온다. 덜 알려진 박물관의 앱도 검색하면 쉽게 찾을 수 있다. 운이 좋으면 한글 설명이 나오겠지만 그렇지 않더라도 영어 설명은 나오니, 영어는 익혀 두면 결코 후회하지 않을 것이다.

은퇴 유목을 꿈꾼다면 이처럼 디지털 문화에도 익숙해져야 한다. 인터넷을 통해 정보를 얻고 휴대폰의 앱을 활용하면 비용도 줄일 수 있고, 더 생생한 정보를 얻을 수도 있다. 어느 곳에 가든 디지털 기기를 통해 손쉽게 정보를 얻으면서 여행을 즐기는 사람을 두고 '디지털 유목민'이라고 부른다. 자유롭고 알차게 경험과 추억을 쌓으려면 먼저 디지털 유목민이 되어야 한다. 당연히 디지털 유목민은 영어에도 익숙하다. 인터넷 세상의 정보가 전부 한국어로 되어 있는 것은 아니기 때문에 보다 폭넓은 정보를 얻기 위해서는 어느 정도 영어를 할 줄 알아야 한다. 너무 걱정 마시길. 여행과 관련된 정보들은 심도 깊은 내용을 담고 있지 않을뿐더러 쓰이는 단어가 비슷하고 일정한 패턴이 있기 때문에 처음에만 어렵지 몇 번 경험해 보면 금세 익숙해진다.

한 가지 주의할 것이 있다. 인터넷의 정보가 모두 사실은 아니라는 점이다. 정보에도 일종의 유통 기한이 있어서 오래된 정보는 현실을 반영하지 않을 수 있다. 그리고 어느 곳이나 마찬가지로 과장 광고와 허위 광고가 있을 수 있다. 그래서 여러 가지 채널을 통해 다양하게 체크해 보고 이용자들의 평가도 꼼꼼하게 살펴봐야 한다.

나이가 들수록 디지털 기기를 사용하는 데 어려움을 겪는다. 하루가 멀다 하고 최신 제품이 속속 등장하고 정보가 업그레이드되어서 그 속도를 따라 가기가 힘들기 때문이다. 하지만 더 넓은 세계를 만나고 싶다면 꾸준히 디지털 유목민이 되는 훈련을 해야 한다. 모든 것은 습관이다. 힘들고 어렵다고 회피하면 영영 멀어지고 만다. 익히기 까다로운 건 처음 시작할 때뿐이다. 익숙해지면 쉬워진다.

여섯.
떠남을 훈련하자

패키지여행의 장점은 편리하다는 점이다. 숙소를 따로 알아보지 않아도 되고, 음식을 직접 주문할 필요도 없다. 낯선 도시에서 길을 잃고 헤맬 위험도 낮다. 한국인 가이드가 하자는 대로 따라 가기만 하면 된다.

하지만 패키지여행은 여행의 참다운 맛을 주지 못한다. '길을 잃어 보아야 그게 진짜 여행'이라는 말이 있다. 정해진 길만 따라 가서는 똑같은 경험을 할 뿐이다. 여행의 묘미는 의외성에 있다. 전혀 기대하지 않았던 곳에서 상상도 못한 비경을 만난다거나, 낯선 외국인을 친구로 사귀거나, 후미진 골목에서 우연히 딱 마음에 드는 카페를 찾게 되는 것, 이런 것이 진짜 여행이다. 은퇴 유목이 바로 이런 진짜 여행이다.

그리고 스스로 여행을 계획하면 비용을 절감할 수도 있다. 지난겨울에 회사 후배 부부가 일본 홋카이도로 온천 여행을 다녀왔다. 맞벌이 부부가 바쁜 와중에 시간을 낸 탓에 패키지여행을 이용했다. 3박 4일 일정이었고, 비용은 1인당 90만 원. 여행 중간에 군것질한 것까지 합쳐서 부부가 200만 원 정도를 썼다.

같은 조건으로 직접 여행 계획을 짠다고 가정해 보자. 2개월 전에 항공권을 예약하면 1인당 왕복 18만~22만 원 정도에 구입할 수 있다. 숙소를 검색하던 중에 고풍스럽고 운치 있는 여관을 발견했는데, 3일 동안의 숙박비는 2인 기준 30만 원이었다. 여관에 있는 작은 온천을 즐길 수도 있다. 이렇게 항공료와 숙박비를 합쳐서 두 사람이 70만 원. 1인당 한 끼에 1만 원으로 책정하면, 식비가 16만 원이다. 만약 차를 빌린다면 3박 4일에 25만 원이다. 자, 이렇게 해서 총 여행 경비는 110만 원 정도다. 패키지여행 때보다 90만 원을 절감했다.

패키지여행에 익숙해져서는 은퇴한 후에 은퇴 유목에 나서지 못할 수도 있다. 가장 큰 이유는 두려움이다. 모든 것을 직접 계획하고, 현지 데이터를 살펴보고, 비용을 산출하는 것도 부담이지만, 무엇보다 가이드의 도움 없이 부부가 직접 모든 '난국'을 돌파해야 하기 때문이다. 그러니 4050 세대 때부터 떠남을 계획하고 실행에 옮겨 보

삶은
오래될수록
가치가 높아지는
골동품 같은 것.

아야 한다.

　고교 동창 녀석은 2014년 겨울에 7박8일 일정으로 전국 자동차 여행을 다녀온 적이 있다. 동창 녀석은 그 여행을 '한반도 탐방 여행'이라 이름 붙였는데, 3개월 동안 계획했다고 한다. 동창 녀석은 아내와 함께 서울을 출발해 강원도 진부령을 넘어 오대산에 도착했다. 월정사와 상원사에 들러 설국雪國으로 변한 산사의 여유로움을 즐겼다. 강원도 묵호로 가서는 겨울바다를 보았고, 묵호 벽화마을을 감상했다. 정선에서는 상당히 큰 5일장이 열린다. 동창 녀석은 그 날짜에 맞추기 위해 여행 일정을 조정하기도 했다. 이런 식으로 태백, 경북 안동, 경남 통영과 창녕, 전남 순천, 충청 태안을 거쳐 서울로 돌아왔다.

　동창 녀석은 7박 8일 동안 한반도의 역사와 문화를 짧게나마 두루두루 체험한 것 같다고 했다. 강원도의 겨울바다를 즐겼고, 사라져 가는 태백 탄광마을에서는 대한민국 개발의 그늘을 목격했다고 했다. 도산서원에서는 사대부의 풍류를 맛보았고, 생태공원에서는 늪지의 멋스러움을 한껏 즐겼다고 한다. 동창 녀석은 은퇴 유목을 은퇴 이후의 가장 큰 목표로 이미 정했다. 그러니 이 여행을 일종의 전초전이라 표현했다.

　올해(2019년) 2월 회사 선배는 근속 휴가를 맞아 아내와 함께 스페인 15일 여행을 다녀왔다. 선배는 현재 55세다. 60세 정년을 맞아 퇴직한다면 마지막 근속 휴가가 되는 셈인데, 이런 기회를 놓치기 싫다며 처음으로 부부만의 여행을 계획했다고 했다. 그동안의 해외여행은 패키지여행이었거나 자식을 동반한 여행이었다. 이번에는 둘 다 배제했다. 대학생이 된 자식으로부터 '독립'했고, 처음으로 한 달 넘게 부부가 끙끙대며 여행 계획을 세웠다.

한 달 전에 항공권을 구입했기에 1인당 75만 원으로 싸게 구할 수 있었다. 물론 직항 노선이 있었지만, 가격이 두 배가 되는데 좀 돌아가면 어쩌랴 싶었다. 갈 때는 독일 프랑크푸르트를 경유했고, 올 때는 포르투갈 리스본을 경유했다고 한다.

스페인의 6대 도시를 각각 2~3일씩 돌았고, 박물관과 미술관, 광장, 궁전 등을 주로 방문했다. 호젓함을 줄기기 위해 느릿느릿 도시를 걸어 다녔다. 비용을 절약하기 위해 아침은 간단하게 주먹밥, 점심은 간단한 먹거리로 때웠다. 그 대신 저녁만큼은 1인당 2만~3만 원짜리 성찬을 즐겼다.

이렇게 15일 동안 선배 부부는 은퇴 유목의 전초전을 성대하게 치렀다. 비용은 470만 원 정도 들었다고 한다. 선배는 만약 숙소를 좀더 일찍 구했더라면 비용을 더 줄일 수 있었을 것이라고 아쉬워했다. 그러면서 이렇게 말했다.

"직접 계획하고 떠나 보니까 자신감이 생겼어. 나, 은퇴 유목에 푹

빠질 것 같아."

지금 당장 떠날 수 없다고? 그렇다면 우선 부부가 함께 여행 후보지부터 찍어 보자. 이어 가상의 계획이라도 짜 보는 것은 어떨까? 가까운 곳부터 부부의 여행 리스트를 만들어 보라. 국내 여행으로 시작해도 좋다. 그렇게 하다 보면 언젠가 그 여행 리스트는 현실화할 것이다. 그때 여러분은 은퇴 유목민이 되는 것이다.

은퇴는 긴 여정의 반환점 같은 것.
이제는 여유롭게 걸으며
삶의 여러 가지 풍경을 감상하는 시간.

2030년 어느 날, 프라하에서

프라하의 마지막 밤

어스름한 저녁이 점점 짙어 가고 있다. 테이블에 앉아 창가에 시선을 둔다. 외출 준비를 하며 흥얼거리는 아내의 콧노래가 귀를 간질인다. 테이블에 앉을 때부터 펼쳐 둔 일기장은 날짜만 적힌 채 벌써 30분째 텅 비어 있다.

2030년 9월 14일 저녁

지난 한 달 가까이 이곳에서 지내며 쌓은 추억이 머릿속을 꽉 채운

탓에 무엇부터 옮겨야 할지 오리무중이다. 아니, 우리의 새로운 여정은 한 달 전이 아니라 일 년 전에 시작되었다.

지난해(2029년) 직장을 떠났다. 마지막 출근 날, 마음이 싱숭생숭했다. 한 직장에서 30년을 일했던 건 큰 축복이었다. 아쉬움과 후회가 많이 남았지만, 서글프지는 않았다. 이제 1막 인생이 끝났을 뿐이니까. 책상을 정리하고 일어서면서 후배들에게 미소를 보냈다. "자, 이제부터 나는 찐하게 즐길 거니까, 고생들 하셔."

10년 전부터 차곡차곡 은퇴 이후를 준비했다. 두렵거나 불안해할 이유가 없었다. 그날 저녁, 아내와 둘이서 나의 은퇴를 축하하는 조촐한 파티를 열었다.

다음날 아침, 평소와 똑같이 눈을 떴다. 평일 아침마다 치렀던 출근전쟁이 아득한 옛일처럼 느껴졌다. 한창 바쁘게 움직일 사람들을 생각하니 마치 딴 세상에 있는 것 같은 착각이 들었다. 한 순간 서럽다는 생각이 들었지만, 찰나에 불과했다. 나는 곧 나른해졌고, 이불 속에서 뭉그적거리며 그 느낌을 즐겼다.

며칠 뒤에 우리 부부는 미리 계획했던 대로 첫 번째 은퇴 유목을 떠났다. 처음인 만큼 적응 과정이 필요하다는 생각에 가까운 지역을 택했다. 비용이 덜 들고 낯설지 않은 곳. 해외보다는 국내가 편할 것 같았다. 그래서 택한 곳이 강원도였다.

속초의 민박집을 한 달 동안 빌렸다. 그곳을 베이스캠프 삼아 강원도 구석구석을 돌아다녔다. 날이 좋은 날에는 바닷가에서 먼 산 바라기를 했다. 한 마리도 낚지는 못했지만, 제법 프로 낚시꾼 흉내도 내보았다. 설악산은 두 번을 올랐다. 굳이 정상까지 갈 필요는 없었다. 충분히 경치를 즐기며 느릿느릿 올라갔다가 다시 느릿느릿 내려왔다. 삼척 일대의 동굴도 탐험했다.

경비가 그리 많이 들지 않았다. 아침 식사는 웬만하면 만들어 먹었고, 점심은 길거리 음식이나 주먹밥을 비롯한 간식으로 해결했다. 저녁에는 여행지의 식당을 이용했고, 2~3일에 한 번은 현지의 맛을 느끼기 위해 토속 음식점을 찾았다. 하루의 일정이 끝나면 다시 베이스캠프로 돌아와 다음날 일정을 짰다.

강원도에서 은퇴 유목을 한 그 한 달 동안은 시간이 멈춘 듯했다. 시간에 쫓길 필요가 없었기에 모든 것이 느리게 흘러갔다. 전쟁터를 방불케 하던 일상이 여유로 넘쳐났다. 나 자신에 대해서 많이 생각했고, 지난날을 돌아보며 성찰하기도 했다. 비록 나는 은퇴를 했지만, 앞으로도 계속 성장해 갈 것이라는 생각이 들었다. 삶은 살아 볼수록 가치가 더해지는 골동품 같다는 깨달음이 찾아왔다. 강원도에서 마지막 밤을 보내던 날, 아내가 말했다. "은퇴가 있다는 건 축복인 것 같아."

그로부터 일 년 뒤 아내와 나는 지금 체코 프라하의 어느 가정집에서 마지막 저녁을 보내고 있다. 마지막인 날인 만큼 근사한 저녁 식사를 하자고 마음을 모았다. 아내의 외출 준비가 끝나면 우리는 눈여겨 봐 두었던 레스토랑으로 향할 것이다.

그리고 우리의 여정은 계속될 것이다

강원도에서 한 달 동안 지내고 서울로 돌아온 뒤 우리 부부는 곧바로 다음 해의 은퇴 유목을 계획했다. 어디가 좋을까? 미국? 서유럽? 아니면 동남아시아? 지도 위 거의 모든 곳이 우리 부부에게는 신세계였기에 결정하기가 쉽지 않았다. 지도를 들여다보며 여행지를 고르는 일만으로도 우리는 충분히 즐거웠다. 그러다가 일단 동유럽으로 가닥을 잡았다.

동유럽에도 가 보고 싶은 나라, 살아 보고 싶은 도시가 무척 많았다. 최종 후보지로 남은 독일 베를린과 체코 프라하를 놓고 고민하다가 결국 프라하로 낙점했다.

최종적으로 프라하를 선택한 이유가 있다. 아날로그적인 감성을 풍부하게 느낄 수 있는 곳이기 때문이다. 중세 유럽의 정취를 맛볼 수 있고, 광장을 오가는 사람들의 체취를 느낄 수 있으며, 역사와 예술이 살아 숨 쉬는 곳……. 한 가지 이유가 더 있다. 경비가 서유럽보다 덜 든다. 한 달짜리 대중교통 탑승권을 사면 굳이 승용차를 렌트하지 않아도 된다. 관광객이 많이 찾는 지역이라 호텔부터 호스텔, 민박 등 숙소가 다양하고, 숙박비도 저렴한 편이다. 물가는 대한민국 서울의 70% 정도. 고급 호텔에서 머물거나 고급 레스토랑을 자주 이용하지 않는다면 합리적인 수준에서 은퇴 유목을 할 수 있으리라는 계산이 섰다.

프라하는 도시 자체가 그다지 크지 않다. 서울이라는 세계적인 대도시에 익숙한 사람에게는 아기자기하게 다가온다. 한 달 교통권을 구입해 도시 곳곳의 명소를 돌아보아도 좋고, 아무 거리, 아무 골목으로 들어서서 아무렇게나 돌아다녀도 충분히 유럽의 이국적인 풍경과 정취를 느낄 수 있다. 한 달이라는 기간은 프라하를 즐기기에 충분한 시간이었다.

특히 첫날 프라하 중앙역에 도착했을 때의 감흥을 잊을 수가 없다. 25년 전인가, 〈프라하의 연인〉이라는 드라마를 TV에서 방영했는데, 그때 프라하 중앙역이 등장했다. 당시 드라마를 보면서 '저런 곳에 가 봤으면…….' 하고 생각했더랬다. 그런데 바로 그곳에 우리 부부가 서 있었던 것이다. 꿈이 이루어졌다.

프라하에 머무는 동안 우리 부부는 오전 9시 조금 넘은 시각에 느지막이 일어났다. 그리고 전날 결정한 아침을 만들어 먹었다. 요리는 아내가 하고 나는 시중을 들었다. 음식 재료는 가까운 마트에서 구입했지만, 특별한 재료가 필요한 날에는 하벨 시장까지 갔다. 나중에 이곳에서 은퇴 유목을 하려는 이들이 있다면, 하벨 시장에 꼭 가 보라고 권하고 싶다. 시장 규모가 상당히 크고 과일과 채소는 무척 신선하며 가격이 저렴하다. 여기저기서 흥정하는 사람들의 모습은 우리 재래시장의 정겨운 풍경을 떠올리게 한다. 삶의 에너지가 가득해서 그곳에 있는 것만으로도 무언가 충만해지는 느낌을 갖게 된다.

시가지 전체가 내려다보이는 언덕 꼭대기에는 프라하 성이 서 있다. 이 성은 유럽에서 가장 큰 중세 성채다. 성 안쪽에는 왕들이 대관식을 치르던 성 비투스 대성당이 있고, 교회도 있다. 프라하 성은 중세 건축물의 보고라 할 만큼 볼거리가 다양하다.

하지만 우리 부부를 가장 크게 매혹시킨 것은 실핏줄처럼 이어진 아담한 골목들이었다. 중세 시대 때부터 지금까지 이어져 오고 있는 오래된 골목으로 들어서면 순간 시간이 멈춘 듯한 착각에 빠져든다. 아내와 나는 그 골목들을 탐험하며 시간을 거슬러 오르는 것 같은 모험을 즐겼다.

나흘 전에는 황금 소로Golden Lane에 갔다. 원래는 프라하 성을 지키는 병사들의 막사였는데, 나중에는 금은 세공사들이 살았기 때문에 황금소로라는 이름을 얻었다고 한다. 상당히 인상적인 길이다. 좁디좁은 골목길에 야트막한 집들이 나무 상자처럼 다닥다닥 붙어 있다. 어떤 집은 몸을 굽히지 않으면 들어갈 수 없을 정도로 작다. 그중에서 바다를 품은 듯 선명한 파란색 집이 눈에 들어왔다. 프라하가 낳은 세계적 작가인 프란츠 카프카가 작품을 썼다는 그 집이었다.

우리는 천천히 걸으면서 작고 알록달록한 집들을 구경했다. '존 레논 벽'에도 가 보았다. 전 세계의 존 레논 팬들이 이곳까지 찾아와서 낙서를 남겼다는 사실이 인상적이었다. 우리도 흔적을 남겼다. '우리에게도 자유를!'

어제 저녁에는 예쁜 기념품 가게들이 몰려 있는 칠레트나 거리에 가서 쇼핑을 했다. 우리 부부가 이곳에서 살았다는 사실을 추억할 수 있는 기념품을 갖고 싶었다. 사실 지난주에 카를 다리에 갔다가 기념품을 하나 사기는 했지만, 그때는 충동구매를 한 탓에 프라하를 상징할 만한 물건이 아니었다. 다행히 이번 은퇴 유목을 하는 동안 계획했던 것보다 경비가 덜 들어서 한 번 더 사치를 누려 보자는 생각으로 칠레트나 거리로 향했던 것이다.

아직도 나는 일기장을 단 한 줄도 채우지 못하고 있다. 돌아보니 소중하지 않은 날이 없었다. 매순간이 의미로 가득 찼다. 구시가지 광장

단 하루만이라도
행복하게 살겠다고 마음먹어 보라.
그러면 남은 일 년이
지금까지와는 다른 나날로 채워질 것이다.

에 앉아서 지나가는 행인을 세며 빵을 먹었던 때, 걸으면서 문득 올려다본 프라하의 파란 하늘, 신선한 채소와 과일을 들고서 뿌듯한 기분으로 걷던 거리. 그리고 친절한 사람들, 사람들……. 그 모든 것이 생생하게 내 가슴에 기록되어 있다.

오늘 예약한 레스토랑의 음식 값은 이번 은퇴 유목 최대의 사치다. 스테이크와 샐러드에 맥주를 곁들인 식사가 한 사람당 1,000크로나(약 5만 원)다. 하지만 한국에서의 음식 값에 비하면 절반밖에 안 된다.

이 밤이 지나면 우리는 다시 일상으로 돌아간다. 하지만 내년의 은퇴 유목이 기다리고 있다. 내년에는 어디로 갈까? 어디에서 한 달을 살며 새로운 세계를 맛볼까? 여행이 끝나기도 전에 벌써 가슴이 설렌다. 우리 부부의 삶은 앞으로도 설렘과 기대 속에 이어질 것이고, 함께하는 여행도 계속될 것이다.

아내의 외출 준비가 끝났다. 아내와 숙소를 나선다. 그렇게 우리의 여정은 다시 시작되었다.

'행복하게 만든 책이 행복을 만듭니다.'

은퇴하면 세상이 끝날 줄 알았다

초판 1쇄 찍은 날   2019년 6월 10일
초판 1쇄 펴낸 날   2018년 6월 21일

지은이   이아손
발행인   조금희
발행처   행복한작업실
등 록   2018년 3월 7일(제2018-000056호)
주 소   서울시 서초구 서초대로 65길 13-10, 103-2605
전 화   02-6466-9898
팩 스   02-6020-9895
전자우편   happying0415@naver.com

편 집   이양훈
디자인   이인선
마케팅   임동건
ISBN   979-11-963815-4-7 (03810)

이 도서의 국립중앙도서관 출판예정도서목록(CIP)은 서지정보유통지원시스템 홈페이지
(http://seoji.nl.go.kr)와 국가자료공동목록시스템(http://www.nl.go.kr/kolisnet)에서
이용하실 수 있습니다.(CIP 제어번호: CIP2019021629)